COLLECTION FOLIO

Erri De Luca

Le tort du soldat

Traduit de l'italien
par Danièle Valin

Gallimard

Titre original :

IL TORTO DEL SOLDATO

Erri De Luca est né à Naples en 1950 et vit aujourd'hui près de Rome. Venu à la littérature « par accident » avec *Pas ici, pas maintenant*, son premier roman mûri à la fin des années quatre-vingt, il est depuis considéré comme l'un des écrivains les plus importants de sa génération, et ses livres sont traduits dans de nombreux pays.

En 2002, il a reçu le prix Femina étranger pour *Montedidio*, et en 2013, le prix européen de Littérature et le prix Ulysse pour l'ensemble de son œuvre.

À Paola
arrière-ligne de cette histoire

« Comme vous le savez sûrement, les droits d'auteur de l'écrivain Israel Joshua Singer, frère aîné du Prix Nobel Isaac Bashevis Singer, tomberont dans le domaine public en 2014. Notre maison d'édition a l'intention de publier un choix d'œuvres en yiddish de cet auteur inconnu des lecteurs italiens. Nous voudrions donc vous charger de sélectionner dans sa vaste production de récits ceux qui vous semblent les plus intéressants. Nous vous confierions la traduction et la direction de ce recueil. Nous savons que vous êtes un lecteur passionné de littérature yiddish et que vous avez traduit le dernier chapitre du roman *Di Familie Mushkat* d'Isaac Bashevis Singer. Si vous acceptez notre proposition, nous vous enverrons les photocopies en yiddish des récits d'Israel Joshua Singer... »

Peu de gens seraient susceptibles de recevoir cette lettre, et je fais partie de ceux-là. J'ai appris la langue yiddish, parlée par onze millions de Juifs d'Europe de l'Est et rendue muette par leur destruction. Elle possède une structure grammaticale allemande, elle est écrite en caractères hébraïques, elle se lit de droite à gauche.

Je me suis procuré une grammaire et deux dictionnaires en anglais. De toutes les langues que j'ai approchées, c'est celle que j'ai appris à lire le plus vite. Et j'ai pu feuilleter ainsi une littérature presque inconnue, très peu traduite.

Le yiddish ressemble à mon napolitain, deux langues de grande foule dans des espaces étroits. Elles sont donc rapides, composées de mots apocopés, capables de se faire de la place au milieu des cris. Elles ont la même quantité de mendiants et de superstitions. Elles sont expertes en misères, émigrations et théâtres. Elles utilisent des proverbes identiques et railleurs : « Mieux vaut apprendre le métier de barbier sur le visage des autres. »

Elles disent du progrès : « Un coup de pied dans le derrière est aussi un pas en avant. »

J'ai traduit le dernier chapitre du roman *Di Familie Mushkat* (oui, avec un *u*) parce qu'il n'existe pas dans l'édition italienne. Il a été publié en yiddish par épisodes dans le journal *Vorwerts*, à New York. J'ai traduit le dernier chapitre qui n'existe que dans l'édition originale. À l'époque, dans les années cinquante, à la demande des éditeurs étrangers, l'auteur avait choisi d'alléger l'édition officielle anglaise qu'il supervisait. *La famille Moskat* a donc ainsi deux fins, une pour le lecteur en yiddish et une pour tous les autres. Il est intéressant qu'elles soient opposées. Je les résume : nous sommes en septembre 1939 à Varsovie. La Seconde Guerre mondiale a commencé depuis quelques jours avec l'invasion de la Pologne par les Allemands. L'armée nazie n'est pas encore entrée dans la ville et son aviation bombarde essentiellement les quartiers habités par les Juifs. Dans les rues désertes, le protagoniste rencontre une connaissance, un vieil homme désemparé qui cherche en vain un médecin pour sa femme. Ils échangent deux mots et, en s'en allant, le vieil homme dit : « Bientôt viendra le messie. » L'autre, étonné, lui demande ce qu'il entend par là, et il répond : « La mort est le messie. C'est la pure vérité. »

Ainsi se termine le roman de l'édition anglaise. Le messie, terminus de l'histoire du monde pour les juifs et les chrétiens, est simplement la mort ici, sans rachat et sans rédemption. C'est la fin la plus impitoyable des livres que j'ai lus. Le blasphème sonne encore plus fort parce qu'il est mis dans la bouche d'un brave homme.

Dans l'édition originale en yiddish, un autre long chapitre est consacré au déroulement du Jour de l'An juif à Varsovie, sous les bombardements. On le fête justement en septembre. Le rite est respecté avec un plus grand scrupule et une plus intense ferveur par la communauté assiégée. À la fin de cette partie, le chapitre se termine sur un groupe de jeunes Juifs qui marchent dans les bois vers l'est, en direction de la Russie, fuyant Varsovie. Dans les dernières lignes, l'auteur intervient directement et écrit en s'adressant à eux : « À côté de vous est la victoire finale. Pour vous viendra le messie. »

Pour les lecteurs en yiddish, il existe cette fin ouverte, une fuite pleine d'espoir et de prophétie. On attend encore de la connaître. Dans l'autre version, Singer laisse une fin désespérée pour les lecteurs non juifs. *Di Familie Mushkat* est une œuvre écrite juste après la guerre et la destruction des Juifs d'Europe, auxquels il appartenait. Singer a voulu laisser dans la bouche des langues du monde le sel amer de la version courte.

Ces informations servent de préface et expliquent pourquoi, lors d'un récent été d'escalades en montagne, j'avais avec moi un beau paquet de photocopies imprimées en caractères hébraïques du yiddish. J'avais accepté la proposition de l'éditeur et j'étais bien avancé. J'avais déjà choisi dans tous ces papiers un récit parfait, une histoire qui se déroulait entre 1919 et 1920. On y raconte les mésaventures ferroviaires d'un jeune Juif polonais dans la Révolution russe. On peut les placer à côté de l'œuvre littéraire la plus réussie sur ces années de la révolution : *Cavalerie rouge* d'Isaac Babel. L'écrivain juif d'Odessa participa sous un autre nom aux batailles des cosaques ralliés aux bolcheviques. À partir de cette expérience il écrivit les meilleures pages que je connaisse sur le 20e siècle russe.

Celui qui passe sa journée à fouiller les rochers à quatre pattes a du temps à revendre pour s'inventer des histoires. En rentrant, il lui est salutaire de s'asseoir et de s'en faire raconter par un livre de bonne facture. Je me tiens compagnie avec l'écriture que je fais, mais quand je me mets à lire j'ouvre grand les yeux et je retourne dans une chambre de Montedidio.

Isaac Babel me replace régulièrement dans un vieux fauteuil vert aux ressorts défoncés. Je m'y pelotonne et je suis des yeux le fifre. On l'a fusillé à Moscou le 27 janvier 1940, sans lieu de sépulture. Il avait quarante-cinq ans, ce qu'il a écrit me suffit pour le considérer comme le meilleur écrivain russe du 20e siècle. Ce qu'il n'a pas pu écrire ne me manque pas. En revanche, je suis peiné par le désespoir d'un homme doté d'un puits d'encre où tremper sa plume qui lui fut scellé d'un bout de plomb dans le cerveau.

Je ne vais pas sur les tombes des écrivains que j'aime, mais je tape du poing sur la table de mon siècle qui a refusé à un passant une halte devant la stèle d'Isaac Babel.

Le soir, après l'escalade et une douche, je vais dans une auberge pour reconstituer mes énergies, en me tenant compagnie avec les feuilles d'un autre alphabet.

Le yiddish a été mon entêtement. J'ai voulu l'apprendre à mon retour des commémorations du cinquantenaire de l'insurrection du ghetto de Varsovie : avril 1943, avril 1993. À quarante-trois ans, j'ai pris un congé et j'ai laissé le chantier où je travaillais pour aller à Varsovie.

Les lectures de ma jeunesse étaient restées gravées en moi dans une sorte de carte sous-cutanée et je connaissais la planimétrie du ghetto dans lequel les Allemands ont entassé plus de quatre cent mille vies. *Wohnungsbezirk*, « zone d'habitation », c'est ainsi qu'ils appelaient l'enclos de corps mis au rebut. Ils appelaient *Aussiedlung*, « transfert », l'envoi dans les trains blindés au camp d'extermination. Ils se couvraient en débitant de fausses expressions. C'est ce que font les pouvoirs et il revient aux écrivains de rétablir le nom des choses.

De mon enfance il me reste le souvenir des livres mais pas d'un seul jouet. Il y en avait sûrement, ils se sont perdus. Petits soldats, petits trains, animaux, maisons : les jeux sont des miniatures du monde qui aident un enfant à se sentir géant. Ils lui permettent de grandir en supportant son infériorité.

J'ai peu joué, je préférais lire. Dans les livres, il était impossible de se sentir grand. Les histoires étaient immenses, en comparaison ma lecture était petite. Il y avait beaucoup de choses que je ne comprenais même pas. Les livres me confirmaient ma taille minuscule. Mais quelque chose grandissait en moi. Le médecin disait que c'était le foie, que l'on soignait alors avec l'huile de foie de morue.

Moi, j'avais l'impression que c'était au contraire ma capacité pulmonaire qui augmentait. La lecture de Stevenson m'a rempli d'air d'océan. La poésie napolitaine me déliait la langue. London m'a appris la neige. Les histoires des massacres de la guerre faisaient palpiter ma veine frontale.

Arrivé à mon premier âge de conscience indépendante, je décidai que Marek Edelman, un des commandants de l'insurrection, serait mon héros. Je savais qui il était avant même de connaître le nom de Che Guevara. Après la guerre, Edelman est devenu cardiologue. Il a voulu sauver le plus de cœurs possible. Il est mon héros parfait. Guevara, homme tout aussi noble, a fait le voyage opposé, de médecin à combattant de révolution.

Je n'ai pas réussi à aller de Varsovie à Treblinka, destination finale des convois chargés sur la place de ramassage du ghetto, l'Umschlagplatz. En revanche, je suis entré à Auschwitz (Oshviescim en yiddish) et à Birkenau/Brzezinka, le plus vaste centre d'extermination. Je suis entré par la grande porte qui s'ouvrait pour les trains. J'ai marché entre les baraquements ouverts, restés humides de terre et de terreur. Je me suis assis sur un des bancs de bois superposés qui accueillaient les corps épuisés par le travail et la faim. J'ai fermé les yeux, je me suis endormi une minute, car je ne sais pas prier.

C'était un des lieux du 20e siècle où l'irréparable avait été immense. Aucune justice ultérieure, aucune défaite des responsables ne pouvait égaler la damnation commise. Il existe un seuil du crime au-delà duquel la justice est moins que du papier toilette.

Je ne me rappelle pas la présence d'autres visiteurs. S'il y en avait, je les ai évités. La plaine de la Haute-Silésie était immobile, l'air à peine agité de papillons noirs. C'était une terre sourde-muette. J'avançais en passant de l'enceinte barbelée des tziganes à celle des femmes, grappillant dans ma tête les histoires individuelles que j'avais lues et qui trouvaient là leur exacte coïncidence.

« Donne la petite à maman ! » La phrase criée par une Juive hongroise l'été 44 avait sauvé sa sœur qui, descendue du convoi blindé, se dirigeait vers la sélection au bout du quai avec sa fille dans les bras. Enfermée depuis des mois dans la section des femmes d'où l'on voyait arriver les wagons, elle savait qu'en tête du train les vieux et les enfants allaient directement dans la file des grandes chambres à gaz. Dans le silence entrecoupé d'ordres et d'aboiements de chiens, la voix de la femme parvint à la sœur qui obéit machinalement. Elle remit la fillette à sa mère et passa ainsi la sélection, elle seule. Elles survécurent, sa sœur et elle. Je ne connais pas de cri plus impitoyable et saint.

Je descendis les larges marches menant aux grandes salles des fausses douches que les Allemands, qui se retiraient, ont fait sauter en même temps que les fours crématoires. Pouvoir les remonter : je fus pris de vertige et je dus m'asseoir au milieu de l'escalier. Sur les tiges de fer qui dépassaient du béton éclaté, les descendants venus en visite avaient laissé des petits mots. Je suis resté jusqu'à l'heure de la fermeture.

Avant de sortir, je commis un vol sacrilège. Entre les voies désaffectées qui aboutissaient au camp, je me penchai et ramassai le boulon d'une traverse, tordu et reforgé. Il se trouve maintenant sur ma table devant la fenêtre qui s'ouvre sur l'ombre des arbres que j'ai plantés au fil des années. Je les plante car celui qui fait l'écrivain doit rendre au monde un peu du bois abattu pour imprimer ses livres.

Ce boulon reprend la forme d'une lettre hébraïque, le *yod*, initiale du nom imprononçable de la divinité. La première lettre du tétragramme, que certains lisent « iahwè », d'autres « iehova », mais qui en hébreu veut rester indicible, a trouvé pour moi du 20e siècle la forme d'un boulon enfoncé dans une traverse de Birkenau/Brzezinka, extrait et abandonné à l'usure de la rouille. Je la lui ai retirée.

En hébreu, il n'existe pas de majuscules, pas même pour le nom sacré du tétragramme, répété six mille six cent trente-neuf fois dans l'Ancien Testament. Sa majuscule secrète est toute dans l'interdiction de le prononcer. Le tétragramme peut s'écrire mais pas se dire, la bouche n'en est pas digne. Ce nom de la divinité doit rester dans l'emballage du silence.

Nus : dans les grandes salles de l'asphyxie ou devant les fosses communes avant d'être fusillés, ils devaient se déshabiller.

Il existe chez nous le ridicule délit d'outrage à la pudeur. Mais là, face à ces corps sans défense et nus, l'outrage à leur pudeur donnait à mon visage le rouge d'une gifle. Je n'ai jamais vu mon père nu.

À Varsovie, je marchai dans le ghetto. Après l'insurrection, les Allemands le rasèrent, l'aplanissant comme un champ de décombres. Après la guerre, les Polonais ont reconstruit méticuleusement le quartier selon la même planimétrie. Ils ont redonné leurs noms aux places et aux rues, mais sans les Juifs. Plus aucun d'eux n'habitait rue Zamenhof, le créateur de la langue espéranto, par où étaient entrés les blindés allemands le jour d'avril de la Pâque juive de 1943 pour écraser la résistance. Ils reçurent une réponse armée. « *Die Juden haben Waffen* », les Juifs ont des armes. « *Die Juden schiessen* », les Juifs tirent. Ils le savaient depuis le mois de janvier, quand ils furent attaqués et repoussés. Depuis ce jour-là jusqu'en avril, ils n'osèrent pas entrer dans le ghetto.

Ceux qui firent la révolte étaient un assortiment de personnes issues de la sélection du hasard. Ils n'étaient pas tous jeunes, ils n'avaient pas tous jeté aux orties la vieille confiance dans la divinité du Sinaï. Dans le ghetto, les orties ne poussaient pas, elles n'avaient pas le temps, sous l'urgence de la faim on faisait cuire le moindre brin d'herbe.

Un des derniers rabbins encore présents donna plein droit à la révolte armée. Lors d'une réunion clandestine du 14 janvier 1943, il dit : « Dans le passé, lors des persécutions religieuses, il nous fut demandé par la Halakhà (Loi) de renoncer à la vie au nom de l'observance de la plus petite prescription qui soit. Maintenant, face au plus grand ennemi, sans limites et sans précédents dans son programme d'extermination totale, la Halakhà demande que nous combattions et résistions jusqu'au dernier avec une détermination sans pareille et avec vaillance pour la sanctification du Nom Divin. » Il s'appelait Menahem Zemba et il avait soixante ans.

Ces jours-là, le milieu catholique de Varsovie offrit une porte de salut aux trois derniers rabbins du ghetto. Menahem Zemba refusa et décréta la fuite illicite. Il affronta le martyre, qui est, littéralement, un témoignage. Il se retira du nombre des victimes et gravit le degré supérieur de témoin qui se lève et va, en volontaire, prêter serment à la barre. L'honneur d'un peuple ne se fonde pas sur les héros mais sur les témoins.

Peut-être que ce détail n'a rien à voir avec le compte rendu de celui qui fait l'écrivain et qui prend donc quelque liberté en marge des événements. Je l'ajoute ici parce que, sans le nom de Menahem Zemba, l'insurrection du ghetto de Varsovie ne peut revendiquer le droit de faire, en même temps que sa volonté, celle de la divinité.

Les insurgés du ghetto de Varsovie tirèrent pendant un mois avant d'être vaincus.

J'errais dans les rues du ghetto, reconstruit tel quel et sans Juifs. Je passai rue Mila où eut lieu le *kesl*, le « chaudron », au cours du mois de septembre 42, avec les milliers de raflés passés au crible.

Je passai rue Krochmalna, où habitaient les Singer, et rue Sliska, où se trouvait l'orphelinat dirigé par Janusz Korczak, qui prit le chemin des wagons ouverts de la Umschlagplatz avec ses cent quatre-vingt-douze enfants bien en rang.

Quand ils concernent des personnes, les nombres doivent être écrits pour moi en lettres. Les chiffres conviennent à tout type de comptabilité, mais pas pour les vies humaines. Pour elles, il faut des lettres : cent quatre-vingt-douze enfants. Avec ce groupe discipliné et muet, Korczak entra nu dans les trois enceintes concentriques du camp de Treblinka jusqu'aux grandes pièces de l'asphyxie.

Le yiddish a été mon entêtement de colère et de réponse. Une langue n'est pas morte si un seul homme au monde peut encore l'agiter entre son palais et ses dents, la lire, la marmonner, l'accompagner sur un instrument à cordes.

J'ai traduit du yiddish *Le chant du peuple juif assassiné*, de Yitskhok Katzenelson. Il fut écrit et caché entre les racines d'un arbre dans le camp de concentration de Vittel, nom célèbre en France pour son eau mise en bouteilles. Katzenelson versa son *Chant* dans le verre de ces bouteilles, plus de huit cents vers.

Il se trouvait à Vittel parce que les combattants du ghetto de Varsovie l'avaient fait sortir avec de faux papiers qui ne durèrent pas longtemps. Il fut de nouveau arrêté en France.

Les insurgés du ghetto tentaient de sauver les poètes, les écrivains. C'est ce que font les arbres encerclés par les flammes : ils projettent très loin leurs graines. Les poètes, les écrivains étaient les graines de leur plante et ils élèveraient leur témoignage en chant.

Au procès de Nuremberg contre les dirigeants nazis pour crimes de guerre, s'élevèrent la voix et la déposition d'un poète juif de Vilna, Avrom Sutzkever, combattant dans la résistance. Il écrivit ses vers en yiddish, il témoigna en russe. Dans la salle de Nuremberg, pas une syllabe ne fut prononcée en yiddish.

Après la guerre, une femme, une ancienne prisonnière, creuse et récupère dans le camp de Vittel les vers mis en bouteille par Katzenelson. Il arrive aussi aux livres d'avoir des vies torturées, en captivité, en clandestinité.

J'ai traduit ces vers car ils sont le sommet littéraire sur la destruction des Juifs d'Europe.

En juillet, je m'installe dans les Dolomites. J'escalade des montagnes, je dis tout juste quelques bonjours, j'écris si j'ai de quoi. L'écriture reste pour moi une fête, pas une obligation.

Mon corps s'en va sur les parois, déplaçant ses quatre points de contact, et il passe sur la page ouverte de la roche. Je l'appelle ainsi car elle est ouverte et vide, mais le corps n'écrit pas dessus, et ne laisse aucune trace sur la surface traversée.

Escalader est le plus lent déplacement du corps humain. Le poids sur chaque prise est une syllabe pensée, en gagnant des centimètres.

La peau de la pierre change selon le vent et la température. Elle change quand le nuage s'accroupit sur la montagne et s'effrite en une poussière de gouttes. Elle change au bruit du tonnerre qui avertit de loin et s'approche.

Parfois, je répète des voies déjà escaladées, je les refais en sachant où le passage est plus aisé, où la séquence des mouvements est plus serrée. Les mains ouvrent le chemin, goûtent la tenue de la prise, appellent le corps à le suivre.

À la fin d'une journée sur la paroi, je regarde mes mains qui m'ont guidé. Je pense qu'elles sont sourdes, muettes, aveugles, et pourtant elles avancent. Elles n'ont besoin que du toucher, le système de communication du corps le plus diffus.

À la base d'une paroi qui tombe à pic, on ne voit pas où elle arrive. La vue est barrée en hauteur par des saillies.

À la base d'une paroi qui se dresse à pic, je ne ressens pas l'effroi de l'enfant qui se trouva un jour sur un bateau de pêche au pied des parois noires du grand transatlantique. Il se glissa, gigantesque, dans le canal entre les îles de Procida et d'Ischia où nous étions ancrés avec d'autres barques, nos lignes amorcées, dans la première lumière du jour.

Nous le vîmes déboucher derrière l'îlot de Vivara et aussitôt commença la course pour remonter les ancres et les lignes afin de mettre la proue en vue des vagues. Elles pouvaient nous renverser. À cette époque, les pêcheurs ne savaient pas nager. Pris par ce qu'il y avait à faire, je vis trop tard le bateau, sa proue qui se dressait vers le ciel, colossale et noire, fendant les eaux comme une charrue par son profond labour. Sa hauteur immergée déplaçait une montagne d'eau.

Il passa à environ cinquante mètres et nous nous trouvâmes sous ses murailles droites à pic. Là, et non pas à la base d'une paroi de montagne, je fus effrayé par mon infériorité.

Au pied d'une roche qui se lève toute droite à perte de vue, je sais que je peux l'escalader, avec la lenteur d'un mollusque. Au pied du grand bateau qui brisait la mer, j'étais une fourmi flottant sur un brin de paille.

Les vagues arrivèrent en rangs serrés, à l'assaut. Les petits bateaux cabrèrent leur proue, à la verticale, et retombèrent la poupe en l'air, un saut après l'autre. Ce fut un rodéo d'hommes qui essayaient de ne pas se laisser désarçonner par le bateau devenu cheval déchaîné.

Du haut des remparts du transatlantique, quelqu'un saluait pour se moquer.

J'ai la manie de voir de l'écriture partout. Je reconnais des lettres de l'alphabet dans les racines des conifères qui dépassent du sol et ancrent l'arbre dans le poing de la terre. L'espèce humaine savait les reconnaître. Aujourd'hui, j'apprends des grammaires, des alphabets, mais je traverse le bois sans savoir le lire.

En revanche, je ne vois pas d'écriture sur les visages des gens. J'admire qui la décèle dans l'iris, dans l'ongle, dans la paume de la main. La vertigineuse variété des physionomies de mon genre humain m'enchante. Il m'arrive de regarder intensément un visage, je le vois réagir avec ennui. Il se rend compte que je ne sais pas le lire, que je l'observe en pliant un peu le cou comme font les chiens.

Je ne suis pas physionomiste, le jeu des ressemblances n'est pas mon fort. C'est différent avec les pierres : elles me rappellent les montagnes en miniature. La dernière que j'ai trouvée a la forme du Cervin, j'aperçois la voie qui conduit au sommet par le versant italien, je reconnais la paroi nord, la piste solitaire qu'emprunta Bonatti. Je crois être un physionomiste de montagnes.

Un soir de juillet, j'entrai dans l'auberge à l'heure où l'on voit le dernier soleil frapper sur la paroi ouest du mont Scotoni. Il y avait peu de clients, la patronne me reconnut.

Une femme d'une quarantaine d'années était assise à une table dans un coin entre deux fenêtres. Son dos arqué qui poussait son corps en avant vers la table la rendait accueillante. Le vent s'était frotté avec bonheur sur son visage. Quelques rides toutes fines au bord des yeux en montraient les points de passage. Ses lèvres étaient entrouvertes pour goûter l'air. Elle me regarda et me lança un sourire, un courant d'air qui ouvre une fenêtre. Je ne suis pas habitué à la courtoisie d'une personne inconnue, je répondis de mes lèvres légèrement étirées, la bouche fermée.

Si j'étais forain et elle une petite fille montée sur un cheval de bois pour un tour de manège, je lui en offrirais un gratis pour son sourire. Il faut bien cette formule inopinée pour commenter mon maigre sourire de retour.

Des deux tables libres, je choisis la plus près de la sienne pour une raison différente de celle qui semblait évidente. Je ne voulais pas la blesser en prenant l'autre. Je m'assis, je posai sur la nappe en papier les photocopies des nouvelles en yiddish, je commandai les plats que j'avais lus sur un tableau à la femme qui mettait mon couvert. « La même bière ? » demanda-t-elle, et j'acquiesçai d'un signe de tête. Après une journée de silence, la voix reste volontiers en coulisse. Je commençai à lire les caractères de cet alphabet qui ne laisse aucun répit à mes lèvres. Quand je le lis, je dois aussi ébaucher ses syllabes avec ma bouche. Le yiddish a été enfermé, étouffé : il a besoin d'air. Ses lettres se réaniment sous les yeux et veulent se dégourdir les jambes sur les lèvres. Elles veulent la liberté. Je les associe à une habitude de mon père et de ma mère. Le dimanche, à Naples, ils allaient au marché avec leur petit-fils. Au milieu des marchandises à l'étalage, il y avait aussi des moineaux en cage. Ils en achetaient un dans une feuille de journal et à la maison ils le remettaient en liberté sur la terrasse. Leur petit-fils présidait et applaudissait : « la libe-té ». Le yiddish sort de mes lèvres au battement d'ailes de ce moineau confié de nouveau à l'air.

La femme de la table voisine reçut deux bières. Tant mieux, pensai-je, son sourire était sans conséquence. Un homme assez grand, à peu près deux fois plus âgé qu'elle, vint s'asseoir près d'elle. Je levai les yeux de ma feuille par curiosité. Je n'ai pas l'air accueillant, il m'arrive de montrer une tension fixe, restée là, oubliée à la suite d'un égarement. L'homme me regarda en passant et se détourna brusquement. Ils goûtèrent leurs bières, elle l'avait attendu. Ils parlaient allemand, avec l'accent autrichien, c'étaient le père et la fille.

Les deux beignets fourrés à la ricotta et aux épinards que j'avais demandés arrivèrent. On les appelle *turtles* en ladin.

L'odeur réveilla mon nez, le saint patron de mes souvenirs. Les gaufrettes frites de maman, elle les appelait en dialecte *pasta crisciuta*, pâte levée. Pour l'invité qui s'annonçait, elle faisait frire des beignets de mozzarella, de morue, de fleurs de courgette : elle était infaillible.

Un mois d'août, il y a bien des années de ça, nous étions encore tous là et nous avions loué un deux pièces au Tyrol, elle réussit à trouver des aubergines, pour une parmigiana alpine. Je n'ai pas essayé de refaire ses fritures. Elles manquent sur ma table pour ne pas incommoder mon nez qui en a imprégné ses muqueuses en fête comme une éponge. Il fallait les manger bouillantes et avec les doigts.

J'attaquai le premier beignet en le tenant entre le pouce et le majeur, ma feuille dans l'autre main.

En lisant les pages, je rencontrai de nouveau le mot hébraïque *èmet,* « vérité », par lequel Singer conclut la version courte et amère de *Di Familie Mushkat.* « La mort est le messie, c'est la pure vérité. »

Personnellement, je ne reconnais rien de pur dans la vérité. Je la vois dans l'effondrement d'une négation, dans l'entrée des troupes soviétiques dans le camp de massacre de Treblinka. Ce n'est pas une découverte, mais la mise à découvert de l'infamie. Je la vois dans la décomposition d'un mensonge, fécond pour ça. Je la vois dans la moisissure qui révéla la pénicilline à Fleming.

En hébreu *èmet* est féminin, mais devient masculin en yiddish, perdant en consistance. En hébreu elle est absolue, en yiddish elle est relative. C'est pourquoi le vieil homme qui prononce la phrase dit : « pure vérité ». Il doit la renforcer par un adjectif. En hébreu, elle existe toute seule et c'est tout. Il est des mots qui exigent le féminin, vérité en fait partie.

Mon esprit vagabonde sur ce genre de pensées qui me laissent interdit. *Èmet* est le mot écrit sur le front du Golem, l'homme d'argile qui, par cette formule, se transforme en automate vivant.

La légende hébraïque de Prague inspira ensuite le personnage de Frankenstein.

Plongé dans mes divagations, le mot *èmet* monta à mes lèvres et sortit de ma bouche. Comme dans le sommeil qu'un bruit interrompt et qui réveille. Je me ressaisis, me retrouvant avec le beignet encore entre les doigts et les feuilles dans l'autre main.

À la table voisine, on commençait à s'agiter.

Lui s'était raidi, je m'en rendis compte sans avoir eu besoin de me retourner. Peut-être n'appréciaient-ils pas ma façon de me tenir à table, mais on était dans une auberge avec des nappes en papier, pas dans un restaurant pour gens bien pomponnés. Après quelques phrases encore plus étouffées, la voix comprimée de l'homme demanda l'addition : « *Bezahlen* », payer, et il se leva d'un bond de jeune homme.

La patronne s'approcha de leur table, il était déjà debout. Il sortit brusquement l'argent et renversa sur la table le reste de bière. Au bruit de la chope, je me retournai, l'homme me regarda fixement, sa fille aussi, gênée par l'incident. Et moi, en réponse : d'accord, on se regarde un peu. Elle se leva à son tour. Ce faisant, elle m'apparut alors mince, grande elle aussi et secrète.

La mer d'une baie sous le vent est encore agitée mais avec retenue, sans crêtes blanches. Elle est dans le courant, mais derrière un abri. C'est la mer que désire le pêcheur après les heures de la nuit au large, fatigué par les vagues. Je l'entrevis ainsi tandis qu'elle tournait près de ma table, l'ombre de son passage sur ma feuille. Je la suivis du regard jusqu'à la sortie. Ils montèrent dans une belle voiture blanche, lui au volant. Ils partirent en direction du col, le moteur poussé à plein régime. Il se défoulait sur la pédale du désagrément que je lui avais causé.

Je finis mon dîner et un bon tas de feuilles lues et de mots soulignés à chercher dans le dictionnaire.

Après tant de lettres hébraïques, je les vois même en dehors des pages. À la table voisine, quittée hâtivement par les deux inconnus, une tache en forme d'*aleph* était restée sur la nappe en papier. Ce n'était pas un début d'alphabet, mais une lettre tombée, pensai-je avant que la patronne ne froisse le tout en débarrassant.

Je payai un prix modique et je sortis dans le plein air de l'ultime lumière.

Les montagnes environnantes s'étaient rapprochées. Le soleil rasant les fouillait en entrant dans les lignes verticales, en descendant à leur hauteur. J'avais envie d'être tout en haut, là où se produisait le frottement continu entre les rochers et la lumière. À cette heure-là, une intimité physique a lieu entre la matière et l'air. Le soleil s'étale comme du beurre, il glisse dessus.

Je me suis trouvé bien des fois là-haut, sur la voie de descente après une longue escalade. Mais je pensais aux pas fatigués, je surveillais le vide séducteur qui attire le corps impatient de redescendre. J'ai été de passage sur cette surface, sous cette heure ultime de lumière, avec l'idée de filer en vitesse.

En revanche, d'en bas, de loin, j'avais envie d'aller m'allonger sur une vire tout en haut et de faire partie du règne minéral. Une promenade fit passer ce désir farfelu d'une heure de satiété.

Les feuilles aux caractères hébraïques, gardées entre mon coude et mes côtes, suppléaient bien au bras d'une femme qui n'était pas là. Je marchais en leur compagnie, elles me donnaient la chaleur d'une hanche. Mes pieds dans les sandales savouraient la fraîcheur, mes mains reposaient dans mes poches.

Je pensais au sourire qui m'avait accueilli. Je ne regarde pas les femmes accompagnées. Elle, je l'avais regardée. Elle me rappelait une actrice étrangère que j'admirais quand j'étais jeune. Elle avait un nez fort, épicé de taches de rousseur, un organe du Sud.

Je cherchais son nom parmi les pierres du torrent à sec que je remontais doucement. Mes sandales glissaient sur les cailloux, suggérant la lettre *s*. Son nom devait en contenir.

Plus tard, je montai en auto vers le col. À moins de dix kilomètres, la route était bloquée. Des voitures à la file, moteurs éteints, des personnes descendues et penchées au bord de la route. J'allai voir moi aussi : une carcasse blanche fumait au fond du ravin. Je ne voulus pas savoir si c'était celle de la table voisine. Je fis demi-tour et passai par une autre route.

Je me suis décidée à écrire cette histoire pour ceux qui pourront la comprendre mieux que moi. J'espère qu'un lecteur me l'expliquera un jour. Celui qui est partie prenante de l'aventure reste empêtré dedans. Il a besoin d'une main secourable qui la lui démêlera de l'extérieur.

Je m'engage à être précise, préambule nécessaire à qui veut être lu. Je ne demande pas qu'on me croie aveuglément, qu'on me suive m'est plus utile. En lectrice, je sais que le meilleur effet que produit sur moi une écriture c'est de laisser en suspens mon incrédulité.

Pour moi, écrire c'est chausser des souliers à talons aiguilles. Je vais lentement, je titube et je me lasse vite. Je sais que je m'interromprai souvent.

La majeure partie de sa vie, mon père a regardé derrière lui. Même lorsqu'il n'y avait plus de procès pour crimes de guerre, il a continué à se déplacer en homme recherché. Après la défaite de l'Allemagne, il s'est arrêté en Italie pendant deux ans. Il ne m'a jamais donné aucun détail sur sa vie de fugitif. De mon côté, j'ai exclu l'idée de poser des questions.

Passer de vainqueur à vaincu, d'envahisseur à envahi, a été l'expérience de sa génération. Il racontait, rarement, des choses insignifiantes qui remplaçaient, pour moi qui l'écoutais, tout le reste de sa réticence. Par exemple, en 1946, dans le Gadertal (Val Badia), il avait pris le premier télésiège installé en Italie. À Ischia, en 1947, il avait assisté à une bagarre entre un marin américain et un pêcheur. À Naples, il était monté sur le volcan qui fumait encore.

Il embarqua pour l'Argentine et s'installa dans le Sud. Il a vécu en Patagonie, à la frontière du Chili, au pied des contreforts des Andes qui évoquaient pour lui des paysages familiers, des maisons en pierre et en bois. Il avait un chien, un saint-bernard du nom de Barry. Après lui, il n'en a plus voulu.

La petite ville, grandie le long d'un lac, était jeune, moins de cinquante ans, Allemands et Italiens se la partageaient sans se mélanger. Dans la période de l'après-guerre, elle a été le dépôt d'Allemands qui avaient fui la défaite, pour devenir ensuite une ville de touristes, avec ses pistes de ski.

L'Amérique du Sud était étourdie et accueillante. Là-bas, la guerre et l'Europe étaient moins qu'un bourdonnement.

Après l'enlèvement d'Eichmann, mon père décida de rentrer en Europe. Né à Vienne, il y retourna avec un autre nom et d'autres traits de visage. On se cache mieux dans sa propre région, c'est bien connu.

De ces années dans le Sud, il avait conservé quelques phrases incompréhensibles pour moi : le dégoût pour le coucher de soleil pourri de Buenos Aires, le soleil en décomposition qui polluait le ciel. C'étaient des phrases d'hôte ingrat. Il persistait à dire : « Je n'ai pas été un hôte du Sud, mais un soldat vaincu et poursuivi. Mon tort a été d'être battu. C'est la pure vérité. » Je ne lui répondais pas, pas même d'un commentaire.

Il a connu ma mère à Vienne et je suis née en 1967. Elle était sa cadette de vingt ans.

Une bonne partie de mon enfance et de mon adolescence, ils m'ont fait croire qu'il était mon grand-père et que mon père, un moins que rien, avait disparu sans laisser de trace. Il le voulait ainsi. La couverture d'une famille triste l'arrangeait.

Quand je me réveillais la nuit seule, sans ma mère, elle m'expliquait qu'elle était allée tenir compagnie à mon grand-père qui n'arrivait pas à dormir. Moi non plus je n'y arrivais pas, mais pour ma mère son insomnie était prioritaire. Le sommeil des hommes valait plus que celui des femmes. Ma mère lui sacrifiait le sien, selon sa propre expression, parce que c'était lui le soutien de la famille.

J'ai su par la suite qu'il dormait sans aucun problème. Dans le sommeil, on redevient des animaux, sans idée de passé, de conscience et de faute.

Il détestait les pellicules et se brossait longuement les cheveux dans le lavabo en les laissant tomber comme de la neige. Puis, il y passait un peigne fin tant qu'il n'était pas satisfait du ratissage. Il faisait souvent le geste de les chasser de ses épaules. Le ciel étoilé était pour lui un crâne noir recouvert de pellicules. Au cours des nuits d'été, il voyait la chute de ces petits grains par terre. Il aurait voulu s'en débarrasser et les faire tous tomber.

J'ai reçu une éducation catholique par ma mère. J'allais régulièrement au catéchisme et j'ai lu les aventures de l'histoire sainte, depuis Adam et Ève, avec un plaisir de curieuse. J'ai aimé le Cantique où se déclare l'amour terrestre sans jamais nommer le ciel. J'ai lu avec ennui les chapitres violents de l'Apocalypse. Dieu ne m'effraie pas, du fait de mon manque d'imagination. J'y ai bien réfléchi et c'est le mot juste. Je n'ai pas cette sorte d'imagination capable de mettre au point l'infini.

De mon enfance viennoise, je garde des souvenirs métalliques : les roues en fer du tram sur les voies qui me conduisaient à l'école, la cloche de l'église près de notre appartement, qui martelait le temps.

À cette époque, je pensais que les heures étaient des clous, certains faciles à frapper, d'autres qui avaient au contraire besoin de plusieurs coups, jusqu'à douze. Nous habitions un dernier étage, à la bonne saison les sifflets électriques des hirondelles entraient par la fenêtre ouverte. Et puis, il y avait le réveil de mon père qui mettait une heure entière pour enfiler son uniforme de facteur, brossé de la casquette aux chaussures.

Il a été facteur jusqu'à sa retraite. Nous vivions dans un quartier populaire, mais nous avions de l'argent. Je ne sais pas d'où il venait, ma mère était pauvre, orpheline de guerre. J'ai toujours eu de belles vacances, l'été à Ischia, l'hiver dans le Tyrol du Sud, au cœur des Dolomites.

Quand j'étais petite, à Ischia, j'ai appris à nager grâce à un garçon sourd-muet, fils de pêcheur. Il m'a enseigné à flotter. Il mettait sa main gauche sous ma tête, l'autre sous mon dos. Le contact de ses doigts me rendait plus légère. J'apprenais à rester allongée en suspension.

On dit : faire la planche[1], mais pour moi il s'agissait de m'étendre sur la mer. Il faut renoncer au moindre mouvement, même la respiration doit à peine soulever la poitrine. C'est lui qui m'a enseigné la nage sur le dos qui fait regarder le ciel au milieu des brasses.

Il m'a appris à manger les oursins crus, ceux qui ont des pointes rouge foncé. Il les ouvrait avec un canif en les tenant au creux de sa main. Je ne comprenais pas pourquoi il ne se piquait pas. À l'intérieur, les oursins ont une petite réserve d'eau douce qui me désaltérait.

Du bout de son canif, il faisait couler sur mes doigts la pulpe orangée des œufs de l'oursin. Je l'avalais en la frottant d'abord entre mon palais et ma langue. De vie à vie : offerte par lui, c'était un cadeau et non pas un vol.

Il avait accepté le silence et ne cherchait pas à émettre le moindre son. Il était parfaitement muet, bouche close même dans ses sourires. C'était un silence ouvert, de celui qui écoute. Par contre, celui de mes parents quand ils voulaient me réprimander était hostile. Pour me punir, ils se taisaient et m'imposaient la même attitude. Du sourd-muet, j'apprenais le silence opposé, celui des sourires.

J'aimais les cris des mères du Sud envers

1. En italien, littéralement, « faire le mort ». *(N.d.T.)*

leurs enfants, même leurs colères contenaient une mélodie. Et les pleurs des petits étaient un vacarme qui voulait se faire entendre. Chez nous, la consigne du mutisme était une surdité volontaire.

Le garçon ne renonçait pas à dire et à recevoir : il confiait l'échange au toucher. Il m'effleurait discrètement de la main, son geste ouvrait mes pores et un échange de courant se produisait entre lui et moi. Ses doigts étaient des lucioles dans le noir, là où ils me touchaient ils éclairaient aussi.

Pour lui, le vent était un système de communication, il mouillait son corps pour mieux le sentir. S'humecter le doigt pour mieux sentir d'où vient le vent est une méthode bien connue, lui aspergeait sa peau d'eau de mer pour recueillir les nouvelles qui passaient dans l'air.

Sur l'île, j'ai su pour la première fois que le vent ne voyage pas comme un fleuve à courant continu, mais comme la mer qui bouge par vagues. Le vent de ce Sud a des respirations, des hoquets, des éternuements. Il remplit les chemises, il fait claquer les draps et mange les drapeaux.

Dans le Sud, on offre le linge au vent pour lui tenir compagnie, les voiles lui piquent une traversée. Le garçon sourd-muet écoutait le vent de tous ses pores.

Ischia était un endroit pour Allemands, les insulaires parlaient leur langue avec un accent marqué, piétiné. Mon père disait que l'allemand ne pouvait pas descendre plus bas. Moi en revanche, je le trouvais drôle dans leurs bouches, je le voyais sortir de leurs dents accompagné de petits crachats d'effort. Il fallait l'écouter à distance.

Je le parlais au garçon en échange de la natation : il regardait mes lèvres d'où sortaient plus de consonnes que de voyelles. Il était curieux de notre langue qui ouvre peu la bouche. Il aimait le *w* qui sort en fronçant la lèvre inférieure et glisse sous les incisives. Il me demandait l'alphabet et quand j'arrivais au *w* il souriait. Je m'excuse de la digression.

Depuis quelques années, nous allons dans le Tyrol du Sud aussi en été. Mon père ne supporte plus les endroits ou l'on parle mal ou pas du tout allemand.

À force de regarder derrière lui, il avait même des yeux dans le dos. Il notait les plaques des autos du voisinage. Il photographiait le passage des étrangers. Chez nous, il y a des tiroirs de carnets pleins de numéros et de dates, tout un fichier de passants.

Ma mère nous quitta, lasse de ne pas avoir un mari public et de vivre une fiction sans fin. À cette occasion, j'appris pour mon père. Cela se passa en un jour, en quelques heures. Je rentrais de l'université, ma mère se tenait dans l'entrée avec deux valises. Elle m'expliqua notre vie en une demi-heure. Un autre homme l'attendait devant la porte. Je sus qu'elle avait un autre nom de famille et qu'elle le reprenait.

J'accueillis cette avalanche d'informations avec le calme soudain qui se produit devant l'inévitable. Elle me laissa son adresse, je pouvais la rejoindre quand je voulais. Je dis non aussitôt. Je ne l'ai plus revue et n'ai plus reçu de ses nouvelles.

En un seul jour, je trouvais un père et je perdais ma mère. Ils ne m'avaient pas demandé mon avis. Ils mettaient un terme à leur spectacle après vingt ans de représentations, comme une compagnie théâtrale. C'était l'irréparable auquel ils étaient prêts depuis longtemps. Moi, il fallait que je le sois tout de suite.

Je descendis ses valises, je remontai à la maison et je sus qui j'étais : la fille d'un criminel de guerre. C'est ce qu'il m'incombait d'être. Je pouvais déserter, laisser à son triste sort l'homme que je prenais pour un grand-père. Je ne l'ai pas fait. Je voulais l'écouter lui, entendre sa confirmation et prononcer pour la première fois le mot « papa ». Il était maladroit dans ma bouche et je m'entraînai à le dire avant son retour.

Il arriva après son travail, vit la chambre vide et ne retira pas son uniforme de facteur. Certains hommes ont besoin d'un uniforme sur eux plus que d'alcool dans le corps. Je l'attendais assise à la cuisine. Je dis : « Papa ? » Il répondit : « Oui. » Il vint s'asseoir en face de moi et nous nous sommes regardés. « Je confirme ce qu'a dit ta mère. »

Il attendit une réaction de ma part. Je n'en avais pas. Nous restâmes assis l'un en face de l'autre jusqu'à la tombée de la nuit. Je regardais fixement son visage sans descendre vers ses mains. Les mains de mon père : je ne les ai plus touchées depuis ce soir-là.

Nous restâmes face à face : un facteur en uniforme et une fille de vingt ans qui pour la première fois avait un père, un homme recherché pour crimes de guerre. Lesquels et combien : j'ai voulu l'ignorer. Je ne crois pas à l'importance des détails. Ils sont utiles dans un procès, mais pas pour une fille : la circonstance horrible devient atténuante car elle réduit le crime à des épisodes. En revanche, dépourvu de détails, le crime reste sans limites.

« Je suis un soldat vaincu. Tel est mon crime, pure vérité. » Il fit le geste de chasser les pellicules de ses épaules. « Le tort du soldat est la défaite. La victoire justifie tout. Les Alliés ont commis contre l'Allemagne des crimes de guerre absous par le triomphe. »

Il avait beau définir son service à la guerre, le réduire aux effets d'une défaite, pour moi sa faute restait certaine et sans appel. Je lui ai opposé ma volonté de ne vouloir aucune explication.

Si les choses sont bien comme il le dit lui, alors le tort du soldat est l'obéissance.

Je crois qu'il m'a mal comprise tout le reste de notre vie passée ensemble. J'avais besoin du malentendu pour prendre soin de lui. Le dissiper nous aurait dressés l'un contre l'autre. Ma mère fut sa compagne, mais aussi sa complice. Elle l'a aimé en sachant qui il était, acceptant les clauses et les conséquences. Moi j'ai accepté la place de fille sans pacte de complicité. S'il a cru que c'était un fait et un point final, c'est justement ce malentendu qui nous a permis de vivre ensemble.

Dans la cuisine, quand je ne vis plus ses yeux à cause de l'obscurité, je me levai, allumai la lumière et lui demandai ce qu'il voulait pour dîner. Il répondit et alla retirer son uniforme.

Après le départ de ma mère, nous quittâmes notre appartement du quartier populaire pour un logement proche du centre, dans le rayon de son service de distribution.

Nous habitions assez près du Centre Wiesenthal, persécuteur des nazis. L'endroit se trouvait dans une zone piétonne. Il n'y avait qu'un seul magasin, un de ceux qui vendent des objets d'occasion. J'allais y acheter les boules de couleur pour le sapin de Noël.

Son travail de facteur l'amenait souvent à frapper à la porte de ces bureaux. Il s'exécutait en silence, sans faire entendre sa voix. Dans leurs actions, les militaires imposaient aux prisonniers de regarder à terre, il était interdit de regarder en face le soldat allemand. Mais la voix, ils devaient l'entendre. Ils pouvaient s'en souvenir. On sait bien que dans certains cas on a pu reconnaître une personne à sa voix. L'ouïe plus que la vue est inexorable dans la certitude. Mon père prenait la précaution de parler d'une voix éteinte, sans timbre, dans les lieux publics.

Toute sa vie, il s'est senti traqué, non pas par les autorités autrichiennes, mais par eux. Je les nomme ainsi par respect. Je crois que ma bouche n'est pas autorisée à les désigner par leur nom de peuple.

Dans les bureaux du Centre Wiesenthal, il y avait son nom, indélébile pour eux et inconnu pour moi. Lui allait livrer, et se livrer, presque tous les jours. Avec le temps, les tribunaux avaient cessé de poursuivre les criminels de guerre, eux non. Leur chasse continuait à outrance.

Quelques jours avant son départ à la retraite, il eut l'occasion de gravir pour la dernière fois les marches du Centre Wiesenthal. L'impensable se produisit à la fin de son service.

Un vieil homme, l'un d'entre eux, un livre dans les mains, lui demanda la faveur de le déposer dans leurs bureaux. Il n'arrivait pas à monter l'escalier. Il le remercia et lui dit : « Le secret de notre peuple se trouve entièrement là-dedans. » C'était un livre de la kabbale juive. Mon père effectua la livraison. Mais il nota le titre et m'envoya l'acheter. C'est ainsi que commença son intérêt pour cette matière faite de lettres et de nombres. Ce fut d'abord une curiosité, puis une étude, pour devenir finalement une obsession.

Il m'envoyait chercher un volume après l'autre. Je me familiarisais moi aussi avec des auteurs anciens aux noms obscurs : Éléazar de Worms, Abraham Aboulafia, Moïse Cordovero. Il se persuada que le judaïsme était retranché dans le labyrinthe de la kabbale. Il fallait un Thésée pour aller jusqu'au centre de la tanière. D'après lui, le refuge du Minotaure se trouvait dans ces livres. Pour lui, le judaïsme était un ténia dont la tête était restée en sécurité dans les viscères du monde grâce à la kabbale. Non pas la Bible, ni le Talmud, de fausses pistes qui ne faisaient qu'embrouiller.

Il voulait s'expliquer l'échec du nazisme : il s'était appliqué à détruire un peuple, il s'était acharné sur les corps, au lieu de se concentrer sur le centre de sa cible.

Pour l'histoire officielle, l'antisémitisme est une aberration. Pour les Allemands du 20e siècle, il a été une obsession, leur principale damnation. Ils avaient déclaré que ces gens-là étaient des sous-hommes : alors pourquoi les anéantir ? C'était tout le contraire, le nazisme les tenait pour bien plus importants et dangereux qu'il ne le déclarait officiellement.

Après l'insurrection du ghetto de Varsovie, Himmler ordonna de démolir et de raser entièrement la zone. En pleine mobilisation de toutes les forces de guerre, alors que les destinées basculaient sur le front russe, après Stalingrad, le nazisme gaspillait une quantité énorme de ressources et d'énergies pour un illusoire effet symbolique. L'antisémitisme a été la damnation des Allemands.

Raser le ghetto de Varsovie a été l'acte le plus superficiel de l'obsession nazie. Ils considéraient ce peuple comme une plaie sur la face de la terre et ils se plaisaient à appeler *rein*, « pur », le sol après leur effacement du monde. Himmler voulut une surface raclée et arrosée de chaux là où il avait concentré le plus grand nombre d'entre eux. Ce fut le délire d'un maniaque de la propreté.

Avec la kabbale, mon père commença à se persuader de l'erreur d'une persécution superficielle.

Le nazisme s'était engagé à fond dans la destruction des inoffensifs. J'évite d'employer le mot « innocents », notion impossible à démontrer pour le genre humain. Les enfants ? Ils ne sont pas inoffensifs, ils martyrisent les animaux et imitent les adultes. Les vieux sont innocents, à part ceux qui siègent à la tête de l'État. Je m'excuse de la digression.

Mon père subit la contagion des calculs de la kabbale où lettres et nombres intervertissent les rôles et font allusion à des pronostics. Chez Aboulafia, il trouva que la permutation des lettres hébraïques à l'intérieur d'un même mot produisait une prophétie. Dans le livre de Cordovero *Le jardin des grenades*, il se perdit dans les trente-deux portiques qui le subdivisaient. Là où l'on décrivait les rapports entre lettres et nombres, il en sortait épuisé comme un limier étourdi par un mélange de traces.

Dans la kabbale, tout était déjà écrit et prêt à s'accomplir. Les dix dernières années de sa vie, il s'acharna dans sa recherche. Il m'expliquait en vain, à cause de ma méfiance, la valeur numérique des lettres hébraïques. Chaque mot était donc aussi une addition de tous ses éléments. Il devenait ainsi un frère de sens d'autres mots qui avaient la même somme. Une rime numérique les associait. Ces combinaisons contenaient des puits de secrets. Il ne s'agissait pas d'occultisme, c'était une science, appelée gematria, notarikon.

J'ignore s'il y était arrivé tout seul ou s'il l'avait trouvé écrit quelque part : *hashoà*, le nom juif de la destruction, avait la même valeur numérique que *haàretz hatovà*, la terre sainte. Cette coïncidence révélait selon lui que tout était déjà expliqué par avance dans la kabbale. L'égalité des deux valeurs numériques mettait en relation la naissance de l'État d'Israël et la destruction des Juifs. La contrepartie était que la naissance d'une nation à eux en terre sainte était déjà écrite. La patrie de la Bible, *haàretz hatovà*, leur était rendue à la suite de leur destruction, *hashoà*.

Il croyait son obsession justifiée : la kabbale était le noyau ignoré du nazisme. Il me le répétait souvent avec un ton de voix exalté qu'il ne se permettait qu'avec moi. J'étais contente de voir qu'à son âge il avait trouvé un sujet d'intérêt assez inoffensif, mais je restais inerte face à ses explications.

Mon scepticisme l'irritait : « Pour toi, toute coïncidence est un hasard, parce que tu ne veux ni voir ni connaître. Et pourtant, tout est écrit dans ces sommes égales. » Je ne lui donnais aucune satisfaction, je demeurais incrédule.

Être traqué oblige à une observation maladive des signaux, de tout indice utile à la défense. Lui était entraîné à chercher des coïncidences et à en retirer des précautions. Moi, je n'ai pas eu à développer une attention aux détails. Je reconnais que je suis distraite, un privilège qu'il ne se permettait pas.

Mais même si les choses étaient écrites clairement et non pas cryptées, à quoi servait de le savoir ? « Cela sert à se protéger, à prévoir une contre-attaque. Cela sert à ne pas se laisser surprendre. »

Contrairement à moi, il détestait toute forme de surprise. Il voulait connaître à l'avance son cadeau de Noël, le seul qu'il acceptait. Il ne fêtait pas son anniversaire, nous savions tous les deux que la date de sa carte d'identité était fausse. Je n'ai jamais su la vraie.

Intriguée par son étude, j'ai voulu donner un coup d'œil à l'alphabet hébraïque. Je n'ai pas réussi à lire un seul mot : aller sur une ligne de droite à gauche me donnait le mal de mer. J'éprouve la même chose en Angleterre où l'on conduit du côté opposé au nôtre.

Je me suis arrêtée à la première lettre. L'*aleph* est dessiné avec l'élégance d'un symbole. J'y vois la forme stylisée d'une figure de rock'n'roll et aussi l'ondoiement d'une odalisque qui fait partir ses mouvements du centre de son ventre.

Je n'ai pas continué : la lettre suivante, *bet*, m'a fait l'effet d'un fer à repasser, un outil de travail. L'*aleph* est au contraire largement ouvert à l'air, le début d'un jeu aussitôt terminé. Il me laissait deviner le charme qui attirait les kabbalistes. Si une seule lettre suscitait en moi une errance d'images, l'alphabet tout entier devait briller de mille pistes.

Après la disparition de ma mère, j'ai dû chercher du travail pour payer l'université. J'ai répondu à une annonce, on cherchait des modèles pour l'Académie des beaux-arts. On me trouva bien proportionnée et je fis une période d'essai. Je n'étais pas gênée de me mettre nue ni d'être regardée. À la différence des stripteaseuses, on exigeait de moi l'immobilité. Je me déshabillais dans une petite pièce et je me présentais en peignoir. C'est un grand avantage, car il est humiliant de se dévêtir devant des hommes habillés.

Le plus difficile, c'est de rester longtemps dans la position demandée. Celles qui m'avaient précédée abandonnaient ou n'y arrivaient pas pour cette raison. Les yeux fixés sur un corps nu pèsent lourd sur lui.

Pour résister, je m'isolais dans une pensée : j'étais à Ischia, enfant, je flottais allongée, à peine soutenue par les doigts du garçon sourd-muet. Ou bien j'étais une pierre, mon corps se bloquait dans une forme rigide comme par imitation et cela me soulageait. Une autre pensée me faisait devenir un animal dans un zoo. Les visiteurs espéraient un mouvement de ma part, mais je leur opposais la résistance de ma clôture.

J'étais faite pour le métier de statue. Mes formes déclarées parfaites le sont encore un peu. Elles obéissent à un ordre que j'ignore.

Les étudiants me demandaient ensuite un rendez-vous que je refusais, m'offrant la petite perfidie de répondre non de la main. Ils m'avaient vue toute nue, mais ils ne connaissaient pas ma voix. Je me réservais une part cachée.

Je reçus des propositions pour défiler sur un podium. Je refusai, la pose immobile me rassurait, alors que les mouvements étudiés et séduisants qu'il fallait exécuter auraient vendu mon corps avec bien plus de collaboration de ma part. Je refusai aussi de poser pour des photos. Ma nudité devait rester silencieuse et enfermée dans une salle de l'Académie.

Je n'ai pas voulu regarder l'effet de mes heures de pose, mon corps dessiné par eux. J'éprouvais de la crainte et du dégoût à le voir transfiguré comme dans les œuvres d'Egon Schiele, replié dans une de ses contorsions. J'imaginais les sanglots de Wally Neuzil, son jeune modèle, en se voyant toute fanée dans le regard obscène du peintre. Ce n'est pas l'homme qui te déshabille du regard dans la rue qui fait de la pornographie, mais celui qui guette chez toi les signes de la flétrissure.

Schiele avait étudié dans les mêmes salles de cette Académie. Il pouvait y en avoir un autre qui corrompait la fraîcheur d'une peau de jeune fille. Je n'ai pas voulu le savoir en regardant leur travail. Schiele a effacé ma vanité. Il m'a été bénéfique en me rendant allergique.

Avant lui, un autre peintre, Dante Gabriel Rossetti, un Anglais, peignit son modèle, Lizzie Siddal, une fois morte, mais en gardant intacte sa beauté. Le résultat est meilleur que celui de Schiele.

Le regard te caresse ou te ronge. Pendant les heures de pose, ma peau sentait la chatouille et la brûlure.

En revanche, j'ai aimé la peinture de notre Rudolf Wacker, qui étudia à Vienne et qui partit comme soldat en 1914 sur le front de l'Est. Il revint en 1920, après cinq ans de captivité en Sibérie qui s'était terminée avec la Révolution russe. J'ai fait ma thèse sur lui et le chapitre le plus réussi traite de la présence des poupées, ses divinités féminines.

Il mourut de chagrin en 1939 après une série de perquisitions de la Gestapo. J'ai aimé aussi sa vie : quand elle coïncide avec une œuvre d'art, elle forme le nœud parfait.

À la fin de la période d'essai, je fus engagée et je me décidai à le dire à mon père. Son regard sur moi devint neutre, comme certains savons sur la peau.

Littéralement, neutre veut dire ni l'un ni l'autre, effet de deux négations. La langue allemande le prévoit, le neutre est une de ses ressources, pris aux langues latines qui l'ont abandonné.

Mon père posa sur moi le regard de celui qui enfile une paire de gants avant de toucher. Il réagit comme un homme qui se réveille d'une anesthésie, par de drôles de questions. Il me demanda si quelqu'un m'ordonnait de me déshabiller, si je retirais d'abord mes chaussures ou si je commençais par le haut, si je me déshabillais devant tout le monde ou bien à l'écart, si je restais nue devant un rang aligné. Il fut soulagé de savoir que j'étais au milieu d'un cercle.

Tout en me posant ses questions, il pensait à autre chose, il cachait peut-être sa gêne. Il ne me demanda pas combien je gagnais.

Les derniers temps, il s'était heurté à une autre coïncidence de valeurs numériques de la kabbale. Le mot hébraïque *ketz*, « terme, extrémité », avait la même valeur numérique, 190, que le verbe « venger ». C'est ainsi que se présentait d'après lui une prophétie qui le concernait. Le terme de sa vie aurait la forme d'une vengeance.

Je n'essayai pas de l'en dissuader, on peut s'attacher à une terreur.

Je lui avais déjà entendu dire : « Ils ne me prendront pas vivant. Ils en ont capturé mille d'entre nous, mais je ne finirai pas comme une feuille d'automne qui se rend. » Il ne redoutait pas la prison, la vieillesse est déjà une forme de réclusion. En revanche, il rejetait l'idée du procès. Il se considérait comme un soldat et ne pouvait se laisser juger par un tribunal civil.

« Un soldat répond de lui-même seulement aux ordres. Les recevoir est son devoir et son honneur. »

« Un ordre ne doit pas seulement être exécuté, il doit être créé à partir de rien. Il est souvent sommaire et c'est au soldat qu'il revient d'inventer les moyens pour l'exécuter. »

« Je ne cherche pas à me justifier en disant que j'ai été contraint d'exécuter des ordres. Au Tribunal, j'ai entendu mes supérieurs se déclarer sous *Befehlsnotstand*, en état de contrainte, à la suite d'un ordre. Ces ordres, nous les avons démontés et remontés, comme on le fait avec les armes. Nous les avons huilés et lubrifiés pour qu'ils ne s'enrayent pas. Nous les avons exécutés avec l'efficacité de l'enthousiasme. Notre faute est plus impardonnable : c'est la défaite. »

Il répétait ses phrases militaires pour m'exclure. « Tu passes sous notre drapeau sans même le regarder. Pour un soldat, c'est sa racine, et il n'est pas sous ses pieds par terre, mais il flotte en l'air. »

Je ne lui répondais pas, pour moi un drapeau est un bout de tissu et les couleurs du nôtre sont celles d'un panneau de signalisation. Née après leur guerre, je fais un rejet des fanfares et des bannières.

Je ne pouvais comprendre le poids de certains mots déterminants pour lui, je ne pouvais sentir le poids de l'uniforme. Je connaissais l'inverse, la nudité.

En fait de patrie et de drapeau, j'aime Vienne, ses étalages fumants de pommes de terre et de viande à déguster debout même en hiver, dont chaque bouchée vous réchauffe. J'aime ma ville hautaine qui ne se laisse pas effleurer par le galant Danube, fleuve des cours de la moitié de l'Europe et fleuve des tziganes, qui campent sur ses rives de la Forêt- Noire à la mer Noire.

Ma Vienne s'écarte de son lit et ne le voit même pas du haut de la Roue du Prater. C'est tout juste si elle se rince dans un de ses canaux. En nul autre endroit d'Europe le Danube, fleuve aux cinq noms, n'est aussi réduit. L'indemnisation musicale de Johann Strauss, qui le voit bleu et le célèbre dans une valse, est une aumône donnée devant sa porte.

Mon père a connu le mystère d'une lettre hébraïque qui, placée devant un verbe au futur, le transforme en temps passé. Il paraît qu'aucune autre grammaire au monde ne possède un tel atout. L'hébreu ancien traite le temps comme l'aiguille à tricoter la pelote de laine. Sa lettre *vav* en accroche un bout et le ramène en arrière.

J'arrive à voir la lettre *vav* en action, parce que je tricote où que je me trouve. Je fais des gants en laine bouillie et des chaussettes au point jersey, jamais identiques et pourtant j'aime la paire.

Le corps est comme ça lui aussi, il a une paire de bras et de jambes qui ne sont pas identiques. Ils sont symétriques, ils vont bien ensemble, mais ils ne sont pas en miroir. Pendant un cours à l'Académie des beaux-arts, un étudiant en sculpture, Loïs, un Ladin qui venait d'un village du Tyrol du Sud, fit remarquer avec son drôle d'accent des vallées que la beauté tenait à la légère différence de mes parties doubles, même dans mon profil. « Le beau réside-t-il dans les variations ? » conclut-il. « Comme chez les bigleux », répondit le professeur, dérangé par la question. Les étudiants éclatèrent de rire.

Pour moi, l'observation était juste et le rire était l'applaudissement qui accompagne la vérité quand elle sort pour la première fois. La beauté invente des variantes, elle ne répète pas en miroir. Je m'excuse de la digression.

À propos du mystère du *vav*, mon père décida que c'était justement ce qui était arrivé au nazisme, la malédiction d'une lettre hébraïque avait inversé l'avenir du Troisième Reich à terme échu.

Il prétendait résoudre l'enquête sur l'échec du nazisme avec la kabbale hébraïque. Il n'admettait pas la simple défaite militaire. Des forces s'étaient mobilisées en profondeur qui avaient inversé les destinées.

La kabbale était un système de détection de l'avenir à travers la science ancienne qui attribue des nombres aux lettres. Les coïncidences permettaient de distinguer l'arrivée des événements mieux que les tours sarrasines sur les côtes italiennes.

La kabbale fabriquait des prophéties, opposait les formules de salut aux destructions. Les dix sphères des mondes supérieurs étaient les murailles d'une forteresse. Mon père prétendait y pénétrer. Mais le Zohàr, livre dit de l'illumination, l'éblouissait. Chaque ligne avait besoin d'un guide, tout seul il se perdait.

Il échouait comme avait échoué le nazisme, par présomption de supériorité. Je sentais qu'il fallait au contraire la condition inverse, un extrémisme de dévotion envers ce système de liaison entre ciel et terre.

Je me rends compte que mon entêtement à la précision marque le pas ici. Je ne sais pas faire mieux avec une matière aussi fuyante que la petite boule de mercure sortie du thermomètre cassé.

Par curiosité, je feuilletai moi aussi ces pages anciennes. *Zohàr* veut dire « illumination » : sans en arriver là, je trouvai quelques étincelles. En hébreu, un des noms de la divinité signifie : « Ce qui suffit ». Ce titre m'a semblé humble et affectueux. Je ne suis d'aucune foi, mais pouvoir s'adresser à « Ce qui suffit » doit être une bonne ressource.

Plus avant dans le livre, je lus ensuite l'histoire de six ânes conduits par un homme qui les stimulait : c'étaient les six jours de la semaine aiguillonnés par le samedi. Le Zohàr me laissa des miettes dans les mains, chaudes cependant.

« Kabbale » vient d'un verbe qui veut dire « recevoir ». Il n'est pas permis ni possible de la prendre tout seul, en autodidacte. Mon père ne pouvait pas fréquenter les maîtres de cette discipline, s'inscrire à un cours. On pouvait le reconnaître, même à la voix. C'est pour ça qu'il ne répondait pas au téléphone.

La voix humaine laisse dans l'ouïe des traces plus précises que les empreintes digitales. Les circonstances spéciales augmentent aussi la capacité de la reconnaître. La voix des gardiens de prison se grave en haute-fidélité dans l'insomnie des prisonniers.

L'ouïe est un sens prodigieux, elle reçoit à travers les murs, l'obscurité ou par-derrière. Par rapport à la vue, c'est un radar à côté d'une paire de lunettes. C'est ainsi que le silence rend secrète une personne plus que si elle était invisible. Je m'excuse de la digression.

Mon père voulut se persuader qu'il en avait reçu la garde. Celle qu'on lui avait confiée en tant que facteur au Centre Wiesenthal, le dernier jour de son service, n'était pas valable car elle appartenait à son devoir et à son uniforme.

Cela se produisit sur le bateau en direction de l'Argentine. Au cours d'une sale nuit de tempête sur l'Atlantique, un vieil homme en chaise roulante lui demanda de jeter à la mer un rouleau de parchemin. Dans le délire du danger, cet homme attribuait la tempête à l'objet qu'il avait subtilisé. Durant les tempêtes en mer défilent les plus étranges pensées, la chasse aux fautes, aux conjurations.

Mon père ne voulait pas céder à un geste de superstition. L'homme insistait et lui demanda au moins de le prendre, quitte à en faire ensuite ce qu'il voulait. Mon père, ému par cette agitation intérieure et extérieure, accepta. L'homme lui dit : « Maintenant, c'est à vous. Rappelez-vous : moi je vous l'ai remis et vous l'avez pris. »

Une fois reçu dans ses bras, mon père eut l'impulsion de s'en libérer. Il sortit dans le vacarme des éclairs et des vagues, titubant, se retenant à une chaloupe, il lança le rouleau contre la tempête. Il le vit se dénouer et voltiger. Cette nuit de forces déchaînées avait ébranlé ses nerfs et ses convictions.

Les tempêtes passent et celle-là aussi s'apaisa. Les jours suivants, la mer calme réduisit à un souvenir de cuite les secousses subies et les pertes d'équilibre. Mon père oublia l'épisode. Il lui revint quand il cherchait dans son passé si on lui avait confié un jour la garde d'un objet. Et il se souvint du vieil homme paralysé, du rouleau et de la tempête sur l'océan. Il voulut se convaincre qu'une transmission avait eu lieu là.

Celui qui a été facteur pendant trente ans s'y connaît en livraisons qui se transforment en événements pour le destinataire. Cette nuit-là, il avait reçu la kabbale dans un rouleau. Il pouvait s'y introduire parce qu'il avait connu le verbe « recevoir », indispensable pour l'entrée.

Je lui ai demandé parfois si son geste avait servi à calmer la tempête. Il connaissait mon incrédulité envers les signes et, se méfiant d'une moquerie insolente de ma part, il ne me répondait pas. Je ne me le suis jamais autorisé. Un homme tragique est invulnérable à l'ironie.

Il continua à se passionner pour la kabbale. Il l'étudiait comme une contre-manœuvre de traqué, croyant ainsi prendre à revers ses poursuivants. Ce qui explique l'appartement près du Centre Wiesenthal : il aurait suffi à ceux qui le pourchassaient à travers le monde de le reconnaître devant la porte, dans sa tenue de facteur.

Cela ne changeait pas sa condition d'inscrit sur une liste maudite. « Tôt ou tard, ils me rattraperont, ma défaite est certaine. » Je le lui ai entendu dire sans découragement. Je le croyais, cela pouvait se produire tous les jours et je saurais alors tous les détails, même son nom qu'il avait jeté avec son uniforme.

Mais à quoi servait-il d'y penser avant? Si ça arrivait, je me savais prête. Il réagissait à l'inévitable en s'appliquant tous les jours à le renvoyer à plus tard.

Il n'y a jamais eu de disputes entre nous. Nous savions nous taire avant de friser le conflit. Mes idées sur l'art étaient un sujet de vives discussions. L'artiste doit être humble devant la réalité car il a la responsabilité de la reproduire, même défigurée. L'artiste est un suppléant de la réalité. Pour mon père, en revanche, il a toujours été un serviteur du pouvoir.

J'aime le cinéma américain, lui le détestait. Mais il admirait le cinéma russe, en noir et blanc, les champs longs et immenses où des milliers de figurants représentaient des batailles historiques. Les nazis ont dû apprendre à respecter les Russes, ils savent qu'ils ont perdu la guerre avec eux, moins qu'avec les Américains et après.

Rien d'étrange à ce que deux Viennois se chamaillent en parlant d'art, nous nous y sentons autorisés par notre héritage de résidents. En revanche, il est étrange de voir un criminel de guerre, avec des idées arrêtées sur l'art dégénéré, renifler brusquement et cesser de contredire sa fille. Pour lui, Bach, Shakespeare, Mozart, Vélasquez étaient des courtisans doués et asservis sans scrupule à leurs seigneurs. Mais à côté d'eux, admis aux privilèges des cours, il devait exister d'après lui une foule d'autres artistes qui avaient servi l'art sans en tirer avantage. Ils étaient restés sans nom ni renommée, mais affranchis de la servitude. Trop facile, répliquais-je vexée, d'inventer des artistes inconnus, des fantômes imaginaires.

Je lui reprochais de ne pas avoir voulu lire ma thèse, d'avoir ignoré exprès un grand Autrichien, qui avait été aussi un brave soldat pendant la Première Guerre mondiale. Brusquement, il se taisait. Le renoncement intellectuel à la querelle est admirable, mais pas chez lui. Il ne s'impatientait pas, il soufflait par le nez pour se taire, c'était son mode de repli. Il jouait au soldat vaincu, dont le tort est la défaite survenue avant, une fois pour toutes. Il reculait parce qu'il ne pouvait pas se permettre un affrontement avec sa fille. Qui aurait eu lieu, je reconnais que je pouvais rompre avec lui pour un argument futile, mais délicat pour moi jusqu'à l'insulte.

Il se retranchait dans son histoire maudite, sachant que je ne le suivrais pas jusque-là.

La dernière année, il continuait à me répéter les détails de l'enlèvement d'Eichmann. Son fils aîné était tombé amoureux d'une fille. Elle était juive, ce qu'elle ne savait pas elle-même. Son nom de famille, Hermann, n'était pas juif. Elle vivait avec son père qui, après six mois de captivité à Dachau, avait réussi à se rendre en Argentine pendant la guerre. Il s'était installé dans le quartier de Buenos Aires où Eichmann avait emménagé ensuite avec sa famille, sous le faux nom d'un habitant du Haut-Adige.

La rue était bien choisie, calle Garibaldi, quelques maisons isolées, où les présences étrangères étaient faciles à contrôler. Le père de la jeune fille ne lui avait pas raconté son histoire, c'était un homme en fuite lui aussi. Les deux jeunes gens se fréquentaient dans leurs maisons respectives. Il arrivait au garçon de prononcer de violents discours antisémites, que la jeune fille écoutait et rapportait sans leur accorder d'importance. Une fois, dans un élan enthousiaste, le fils d'Eichmann lui révéla son vrai nom de famille.

La jeune fille le dit à son père, qui avertit les services secrets d'Israël.

Les deux familles qui habitaient tout près l'une de l'autre, l'intrigue amoureuse qui devient un piège, Eichmann qui ne se rend pas compte qu'il accueille chez lui une Juive : ces indices ne m'évoquaient-ils rien ? « On dirait les ingrédients d'un roman », répondais-je.

« Et c'est en fait une œuvre prescrite par la kabbale. Le garçon confiant manifeste sa saine animosité, son amour pour la jeune fille se transforme en guet-apens et elle le trahit, fourbe comme le serpent. »

Il me répétait ses calculs. « "Amour", *ahavà*, a la même valeur numérique qu'"Un", *ehàd*, un des noms de leur divinité. Car l'amour est une ruse de leur monothéisme. "Serpent", *nàhash*, a la même valeur numérique que "messie", *mashìah*, leur fossoyeur de l'histoire, qui doit venir l'enterrer. » Pour lui, l'évidence était que : « Eichmann, qui en avait chargé par millions dans les wagons de marchandises, était sans doute devenu aveugle pour ne pas voir que s'était glissé chez lui leur messie serpent, déguisé en amour. C'est la pure vérité. »

En entendant cette expression, je réagissais en me mettant la main devant la bouche. Le pur, la pureté ont été la divinité nazie, leur but de la perfection. La race, l'espace devaient être assainis de la contagion de communautés inférieures. Ainsi, la pureté a creusé les fosses communes et saturé les fours crématoires. L'adjectif « pur » dans la bouche de mon père me faisait sortir de la pièce.

La kabbale avait agi en profondeur sur lui. Il voyait des correspondances et remontait à des explications qui me semblaient être des jeux de sport cérébral.

Le rapport entre le mot « Amour » et le mot « Un » pouvait me convaincre. L'amour désire une seule personne. Mais je ne pouvais croire à un lien logique, entériné par la kabbale elle-même, entre « messie » et « serpent ». Il me démontrait que ce n'était pas une science mais une conjecture.

C'est la fille qui m'intéressait dans cette histoire. Elle aussi avait dû savoir la vérité à un moment semblable au mien. Il lui avait fallu l'accepter pour être la fille de ses parents, en apprenant à feindre.

Après l'enlèvement, elle avait dû changer de nom et de continent pour être à l'abri de rétorsions nazies. Elle aussi avait eu droit à l'imposture d'une autre identité, qui lui attribuait un anniversaire inventé. Ne serait-ce que pour ça, être la fille de ses parents avait été plus lourd pour elle que pour moi. Qui sait si elle avait trouvé quelqu'un dans une autre mer pour lui ôter ce poids.

Au cours de cette dernière année, il était arrivé à la conclusion que c'était l'espionnage de l'âme juive qui avait manqué au nazisme. Ils avaient échoué en préférant le massacre à l'enquête. Lui la pratiquait à terme échu. Il ne se rendait plus aux réunions des anciens facteurs. Il s'était lassé de leurs rituels, de leurs nostalgies à vide. Et eux se méfiaient de ses études qui lui avaient transmis le virus du judaïsme.

Pourtant, on peut bien dire que ça s'est vraiment passé ainsi : l'habitude de monter et de descendre ces escaliers, d'apporter le courrier, de faire signer des reçus, avait opéré sur lui un lent phénomène de contagion, mais intellectuel. La kabbale a été pour lui une maladie contractée au travail.

Enfin, il s'était mis à l'étude de la légende du Golem de Prague, la statue sur le front de laquelle le mot *èmet*, « vérité », infusait la vie. En revanche, la chute de la première lettre, *aleph*, la lui retirait car sans elle il veut dire : « Il est mort. » Œuvre d'un rabbin, le Golem était pour lui l'incarnation du peuple juif, automate de la divinité qui l'avait créé à partir de l'argile. « Il suffisait de détruire toutes les lettres *aleph*, c'est la pure vérité. »

Je n'ai pas participé à sa recherche sur les raisons de la défaite et sur le passé. L'histoire m'ennuie. Ce qui s'est passé avant ma naissance ne me concerne pas et ne m'intéresse nullement. L'histoire a été un casier judiciaire, une suite de crimes. Je l'ai étudiée à contrecœur à l'école. Qu'y avait-il à apprendre de tout ce fatras de choses arrivées au hasard et qui, lorsqu'elles se produisaient, montraient bien qu'elles étaient stupides et violentes ? L'histoire est un cadastre d'échecs. Chacun en retire sa propre version inutilisable.

Je n'ai pas voulu remonter plus loin que ma naissance. Je ne me sens aucune affinité avec d'autres enfants de criminels de guerre. Chacun s'est arrangé selon la rouille qu'il a trouvée dans son sang. J'ai eu la chance de ne pas traîner derrière moi un nom maudit, comme une chaîne de fantôme. J'ai eu un faux nom qui pour moi a été vrai. Je l'ai fait passer pour mien en sachant que c'était la monnaie d'un faussaire.

J'essaie de tenir en respect mes sentiments pour isoler mon compte rendu de la contagion. Le soulagement que j'éprouve envers ce faux nom qui me protégeait de l'identité de mon père ne doit pas entrer en considération ici. Si on l'avait capturé, ce jour-là j'aurais été obligée de le recevoir. Son nom secret aurait été une marque sur la peau, une marque sur le front.

J'ai reçu un père en héritage du temps précédent. Je l'ai reçu à l'âge où une femme est prête à recevoir un fils. Le nom que je lui donnai ce soir-là dans la cuisine, papa, établissait un contrat. J'acceptais d'être sa fille. Moi aussi, j'ai reçu quelque chose en garde, un jour qui fut pour moi un jour de tempête. Il comportait le risque de devoir porter plus tard son vrai nom.

Je crois avoir été une bonne fille. J'ai pris soin d'un vieux père. J'ai respecté sa vie cachée, je ne l'ai pas dérangée par un mariage. Je n'ai pas été une religieuse, je n'ai pas pratiqué la chasteté. J'ai attendu des hommes les mains qui, enfant, m'allégeaient en me mettant sur un lit d'eau et de doigts. Aucun ne m'a comblée. Ils pénétraient par poussées, plongeaient en moi qui nageais sur le dos sous le lest de leur corps.

Les hommes aiment faire sentir leur poids. Ils ne savent pas voir une femme. Ils restent figés dans leur première impression, dans l'erreur d'Adam face à Ève et qui dit d'elle : « Elle est os de mes os et chair de ma chair. » C'est naturellement le contraire, les hommes sont chair et os des femmes, mais avec plus de poids et d'encombrement.

J'ai écarté l'idée de recevoir une semence pour éviter le risque d'un enfant avec les gènes de mon père. Pour en être sûre, je me suis fait stériliser. Non, je ne le lui ai pas dit. Je m'excuse de la digression. J'espère qu'elle servira à expliquer ce qui s'est passé un soir de juillet dernier dans une auberge du Gadertal.

Mon père et moi étions allés boire une bière dans une auberge au bord de la route principale. Ce jour-là, nous avions marché à travers bois et nous avions trouvé des fraises dans une clairière et des framboises sur un talus. Quelle fête de découvrir un don de nourriture fraîche. C'est le gratis pour lequel je ne me suis pas donné la peine de semer ni d'élever. C'est la liberté de s'en remettre à une subsistance de fortune, sans garantie de la trouver. Notre espèce a appris à récolter avant de semer.

Mon père taxait mon enthousiasme de romantisme. Pour lui, la nature était une force à mettre au travail et non une divinité à vénérer. Je ne la vénérais pas, mais je l'accueillais la bouche ouverte. La peau rose des framboises, celle de blessure des fraises se défaisait entre le palais et la langue sans l'intervention des dents, comme une hostie. Il s'agissait d'un bonheur sauvage et non pas romantique.

C'étaient nos derniers jours de vacances, nous les prenions la première quinzaine de juillet. Tandis que j'attendais les bières et que mon père était aux toilettes, un homme d'âge incertain, grand, très maigre, silencieux, entra. Le sang me monta au visage. Cet homme était la suite imaginée tant de fois du garçon sourd-muet qui m'avait appris à flotter sans poids et puis à nager. Comme pour les fruits ramassés dans le bois, une contraction à l'estomac, de tendresse et de gratitude, me fit ouvrir la bouche dans un sourire.

J'ai su tout de suite que ce ne pouvait être lui, et pourtant c'était lui si l'on tenait compte de la bonne variante due au temps et à la distance. Le rencontrer en montagne augmentait ma surprise. J'aime m'émerveiller, ça met sur ma langue un goût de vanille. Il me sourit en retour. Son sourire les lèvres fermées répondait aussi à ma prétention de le reconnaître. J'allais lui demander s'il était d'Ischia, quand il s'adressa à la patronne en lui indiquant un plat du jour écrit sur le tableau. Elle lui demanda s'il voulait la bière qu'il prenait d'habitude, il fit signe que oui de la tête. Il n'était pas forcément sourd-muet, c'était peut-être un homme de peu de mots par jour ou bien un client régulier qui commandait les mêmes choses. Ses gestes étaient pourtant empreints du silence de celui qui n'entend pas et qui évite donc de produire un bruit qu'il ne peut recevoir.

Je me sentis embarrassée et gardai dans ma bouche la question ridicule. L'homme vint s'asseoir à la table voisine. Je n'étais pas attirée par lui, mais je retrouvais l'émotion physique de la fillette au dos effleuré par les doigts du garçon sourd-muet, descendu d'un autel de village pour alléger le poids de mon corps étendu comme une feuille sur la mer : ces doigts-là étaient revenus, ils étaient tout près, brunis par le soleil, épaissis de nœuds, comme les yeux du bois. Ils tenaient des feuilles de papier et me tenaient aussi moi et toute mon attention.

Je retrouvai sur ma langue la pulpe des oursins femelles et dans mes yeux la pointe de son canif. Deux sens suffisent à déplacer le corps dans l'immensité de l'enfance. Je me remis à dire à fleur de lèvres l'alphabet allemand. Je m'arrêtai sur le *w*, je le dis peut-être un peu plus fort. L'homme se tourna vers moi et me regarda comme un paysage, sans mise au point. Puis il ferma ses lèvres légèrement ouvertes et reprit sa lecture.

Quand il se tourna vers ses feuilles, je fus émue au point de vouloir le toucher. J'allais lui reposer ma question refoulée : « Vous êtes d'Ischia ? », quand on apporta les deux bières.

Puis mon père arriva. L'homme leva la tête de ses papiers, regarda par-dessus ses lunettes et ils s'observèrent tous les deux attentivement. Mon père fut irrité d'avoir cédé à la curiosité de regarder quelqu'un en face. C'était à éviter et il se détourna avec un léger sursaut d'ennui. Il s'assit en s'appuyant sur la table, fatigué de sa journée, laissant échapper un soupir. Je me rendis compte qu'il avait vieilli. Parfois, cela se produit d'un coup.

Je me trouvai détachée de lui, comme ça m'arrivait à Ischia quand j'étais petite. Je m'éloignais de mes parents, qui parlaient d'eux avec des compatriotes du même âge que mon père. Ils étaient mutilés, pleins de rhumatismes, couverts de cicatrices, l'été Ischia devenait un établissement thermal pour anciens soldats allemands. Mon père, indemne, détonnait parmi eux. Je les quittais après dîner pour rejoindre l'obscurité où le sable est lissé par la vague.

La mer nocturne avait ses lumières éparses, des lampes à gaz pour attirer les calamars. Au milieu, il y avait aussi le bateau du garçon sourd-muet. Il fouillait le noir au-dessous avec sa lanterne, comme je fouillais celui du ciel. Je regrettais qu'il ne puisse entendre la glissade de la vague sur la plage, qui remplit les oreilles et puis les vide. C'est la partie du corps la plus semblable aux coquillages.

Qui sait si dans ses rêves le garçon entendait les voix et les bruits. Je m'excuse de la digression.

Dans l'auberge, le temps se dilata, mêlant les minutes présentes et les étés de l'enfance. À ma table et à côté, j'avais les seules présences masculines qui ont compté pour moi. Je bus une gorgée de bière et ma tête se mit à tourner.

Aucun garçon, aucun homme n'avait atteint

la surface où battent mes palpitations. Ils avaient plongé leur corps dans mes entrailles, ils m'avaient creusée par leurs étreintes. Mais ma vie était sur ma peau, mon sens majeur était le toucher, qui a son siège partout entre la tête et les pieds. Lui, le garçon, était arrivé jusqu'à moi en voyageant sur la pointe des doigts et il m'avait enseigné grâce à eux l'équilibre, non pas sur la terre ou dans l'air, mais sur le lit de la mer.

« Sa gauche sous ma tête » : la phrase du Cantique s'était réalisée pour moi qui flottais. Elle m'avait touchée en faisant affleurer mes sens de petite fille.

Quand j'ai trouvé dans un livre de notre Viennois Hofmannsthal que la profondeur se cache à la surface, le sourire du garçon sourd-muet a resurgi du passé.

Lui aussi concentrait la profondeur de l'expérience dans la surface. Sa peau n'était pas le revêtement de vacances qui se teintait au soleil pour faire beau et qui pâlissait l'hiver sous les habits, mais son système de connexion. Il parlait avec le monde par ses pores. Son duvet blond était en contact avec les nouvelles de l'air, pollens, insectes, fréquences. Les abeilles se posaient sur lui, les fourmis y voyageaient, il laissait faire.

Il mouillait son visage avec l'eau de mer pour se mettre à l'écoute.

Un jour, il me fit asseoir brusquement sur

la plage et posa mes mains à plat contre le sable. Je sentis vibrer le sol et la terre secoua mes bras : il sourit devant mes yeux effrayés et posa son index sur ma bouche. Il transforma ma peur du tremblement de terre, inconnu de moi jusque-là, en une expérience de massage.

L'homme à la table voisine frictionna son visage d'une main. Je revis à sec le geste du garçon sourd-muet qui mouillait le sien pour entendre. Ses doigts étaient maintenant tout près au point que je pouvais les toucher en tendant le bras. Ils étaient tout aussi bruns et osseux, experts en bonnes prises. Je serrais les miens autour de ma chope et ma tête tournait dans un manège d'enfance.

Pour la fête du saint patron de l'île, on installait une plate-forme de chevaux de bois. Je montais dessus, lui restait dans un coin de la place avec sa chemise blanche et son béret sur la tête. À chaque tour, je regardais de son côté et il m'accompagnait d'une poussée des yeux dans le dos. C'était un mélange d'innocence pure et de noces célébrées. L'odeur des amandes grillées venant des étalages était de l'encens d'église. Quelque part, mon père et ma mère buvaient de la bière avec d'autres Allemands.

J'ignore si ce garçon éprouva de l'attirance pour une fillette de dix ans, bien sûr il ne se permit pas de la manifester. À la table de l'auberge, c'était maintenant à moi, femme qui se fane déjà alors qu'elle est encore intacte, de rendre en retard ce mélange de désir et de grâce.

Pendant ce temps, l'homme buvait lui aussi de la bière tout en lisant les feuilles serrées dans sa main. L'heure qui nous réunissait nous séparait aussi. La pensée exaltante de me trouver là sans mon père monta dans mon souffle avec la poussée d'une vague sur la plage et se retira dans le deuxième temps de la respiration.

C'était la liberté éprouvée sur l'île, loin de mes parents qui faisaient semblant d'être père et fille. J'attendais sur un rocher les oursins que le garçon m'apportait en les vidant dans mes mains. Le Sud a été pour moi un aliment cru léché dans la paume salée de ma main. Et le Nord, une petite fille qui remercie en allemand un garçon qui ne peut l'entendre, mais qui lit le merci sur sa bouche et le reçoit comme un baiser monté jusqu'aux yeux.

La nuit du 15 août, on organisait un pique-nique sur la plage. Je m'éloignai des feux qui s'élevaient avec les voix. J'étais une fillette avide d'espace.

Au-dessus de moi, la Voie lactée divisait le ciel en deux. L'immensité était une grande peau mouchetée d'animal et moi je me roulais dessus avec toute la terre. À ce contact, mes pieds nus frémissaient de chatouilles.

À cet âge-là, je cherchais dans le ciel de la nuit la constellation qui reproduisait une série de grains de beauté sur la peau de mon bras. Je la trouvai dans le Cygne qui coupe en deux la Voie lactée. C'était la preuve que je venais de là.

Aurais-je été plus heureuse si j'avais eu un télescope ? Non, une meilleure définition de l'univers n'aurait pas augmenté mon étonnement. Mais je faisais comme les astronomes qui laissent derrière eux la fête et les feux pour se mettre en route dans le noir. Ils étaient montés sur les toits ou sur des sommets pour mieux s'isoler. J'arrive à ces pensées maintenant que je m'explique mes petites extravagances de gamine, plongée dans des fantaisies méticuleuses.

Allongée sur le sable, nez au vent, je roulais sur moi-même en poussant de mes pieds et le ciel tournait avec moi. Je sentais son contact sur les parties nues de mon corps, une caresse fraîche du dos de la main.

Je fixai une petite lumière à l'intérieur de la croix du Cygne, pendant que je la choisissais, je fus choisie. Ça se passe dans un souffle. Je souhaitai qu'on arrive jusqu'à moi et je fus aussitôt exaucée.

Mes parents s'étaient aperçus de mon absence et demandèrent de l'aide pour me chercher. C'est le garçon sourd-muet qui me trouva. Il s'était mouillé le visage pour savoir où j'étais. Il vint et me ramena. Le retour entre les feux et les braises effaça la chatouille du ciel sur ma peau. Comme d'habitude, mes parents ne me dirent rien, entamant un de leurs silences de punition.

Ma mère voulut donner un pourboire au garçon qui retira sa main au lieu de le prendre et fila. Je lui demandai pourquoi il n'avait pas accepté cet argent, il me répondit avec de drôles de gestes, comme s'il se brûlait. Il n'avait jamais touché de l'argent et il avait plus de vingt ans. Il n'était pas allé à l'école et ne connaissait ni les chiffres ni les lettres. La kabbale n'aurait pas marché avec lui.

Aujourd'hui, l'été, j'aime rester allongée les bras en croix et nue sous un ciel nocturne. Les pores s'élargissent et absorbent l'air tombé d'en haut. Je m'excuse de la digression.

Mon père regardait du côté de l'homme, mais pas directement, il s'était déplacé sur sa chaise pour le surveiller sans en avoir l'air. J'étais habituée à ses précautions. Dans la salle, un murmure d'italien et d'allemand venait des autres tables. Nous, nous gardions le silence.

Deux beignets arrivèrent à la table de cet homme, il en prit un avec les doigts sans cesser de lire. Il le mordait doucement et les tendons montaient et descendaient sur sa main.

Le corps joue ou fait un autre travail tandis que la tête est occupée. C'était ce qui se passait pendant mes heures de pose devant les étudiants. Sous ma peau, un muscle frémissait solitaire, un tendon avait des contractions involontaires, une veine battait en surface. J'observais les mouvements de mon corps enfermé dans cette pose. Comment pouvais-je tenir aussi longtemps, me demanda un jour un professeur. Pour une raison opposée à la vôtre : vous, vous êtes ici pour m'étudier, moi pour ignorer votre présence. « Vous devriez réfréner votre vérité », me dit-il un peu vexé. « Je dois l'exhiber pour le travail », répondis-je spontanément.

Entre-temps, mon père s'était raidi. Il regardait l'homme avec son verre de bière collé à la bouche. J'essayai de le distraire, je sais qu'il vaut mieux le détourner d'une pensée fixe sur laquelle il se bute. J'évoquai notre journée réussie, au petit lac où je m'étais trempé les pieds. Une foule de petits poissons était venue fureter autour de moi et l'un d'eux était allé jusqu'à me retirer une toute petite peau. En vain : il regardait l'homme qui continuait à lire.

D'une voix très basse, celle de nos conversations en public, il dit : « Ils m'ont trouvé. Ils sont arrivés ici. »

J'étais préparée à la nouvelle en suspens entre nous, mais pas dans cet endroit, là je n'étais pas prête. Je ne voyais rien qui pouvait expliquer son inquiétude. Je fis rapidement le tour de la salle du regard, puis je revins à lui étonnée.

« Ce sont des feuilles en yiddish », me dit-il, et je me tournai de nouveau vers la main qui les tenait. C'était un poing maigre qui attendait d'être ouvert par une autre main.

« C'est l'un d'entre eux, envoyé ici pour me le faire savoir. » S'il s'était mis à danser dans la salle, j'aurais été moins étonnée. La voix de mon père était calme, il ne me demandait pas de confirmation. Dans cette pièce, il était redevenu seul, un homme persuadé d'être cerné. À ce moment-là, je n'étais pas avec lui. Mon garçon sourd-muet, désormais un homme sans âge, ne pouvait pas être là pour ça. Quelle importance avait cette poignée de feuilles en caractères hébraïques ?

Mon père regarda dehors par la fenêtre derrière moi. Puis il ajouta : « Des feuilles ouvertes et bien en vue : s'il avait eu un livre, je n'y aurais pas prêté attention. Et puis, en lisant il remue les lèvres pour mieux se faire remarquer. »

Mais pourquoi auraient-ils prévenu, en renonçant à l'effet de surprise ? Je ne parvins pas à le lui demander. L'homme de la table voisine dit quelque chose à voix basse, pas plus d'un mot, tout en restant concentré sur ses feuilles.

« Payer », la voix de mon père sortit bien claire, sans la protection d'une sourdine. Je ne me souviens pas de l'avoir entendue aussi limpide et nette dans un lieu public. Je me rendis compte que je tremblais. Nous nous apprêtions à partir et, pour la première fois de ma vie, il me vint à l'esprit de le quitter.

La patronne arriva à leur table, il paya l'addition et, dans sa hâte, il ne prit pas la monnaie, lui qui ne laissait jamais de pourboires. Il heurta une chope et renversa la bière. L'homme de la table voisine se tourna vers nous, debout devant lui. Il regarda fixement mon père, puis moi. Dans le passage de l'un à l'autre, il ferma les yeux. Il nous séparait, je le comprends maintenant, mais je n'étais pas prête.

Nous nous dirigeâmes vers la sortie, je suivis mon père en passant devant la table de l'homme. Il avait abaissé ses feuilles, je sentis ses yeux me pousser dans le dos comme sur le manège des chevaux de bois. Adieu garçon sourd-muet qui allégeait le poids du corps encore fermé d'une petite fille.

Mon père était déjà dans la voiture, il fit une rapide marche arrière et redémarra, en me prenant au vol. Si j'avais hésité, il serait parti sans moi. Ai-je eu le choix à ce moment-là de ne pas monter ? Je ne m'en suis pas aperçue.

« *Èmet*, il a dit *èmet*, vérité, ce doit être le

nom de code de l'opération. Il devait avoir une radio. J'ai fait exprès de renverser la bière. Je voulais voir la réaction des autres dans la salle. » Je ne demandai pas pourquoi, il n'y avait rien à ajouter à sa décision.

Nous roulions, mais pas en direction de l'hôtel. Nous montions vers un col de montagne, vers la frontière autrichienne, à une heure de route, même moins à une pareille vitesse. Que je sois avec lui à ce moment-là lui était indifférent, il n'avait rien à me dire, j'étais là avec lui et c'est tout, comme toujours.

Je n'avais rien à voir avec sa vie d'homme caché, je m'étais seulement occupée de lui. Cette heure de capture imaginée depuis si longtemps arrivait à l'improviste et ne nous unissait pas. Je voulais croire qu'il se trompait, que cette fuite était une de ses précautions, fruit d'un indice de peu d'importance.

Une voiture avait dû se rapprocher par-derrière, malgré notre vitesse. Je ne me retournai pas, mais lui ne cessait de regarder dans le rétroviseur. La route montait tout en tournants et en virages, sans possibilité de dépassement, même s'il n'y avait pas de circulation à cette heure-là. Les pneus faisaient un bruit de friction à chaque coup de volant.

Un reste de lumière du jour, terminale, rougit et donne du relief à l'oxyde de fer de ces montagnes, elle affleure comme le sang au visage. Je voulais me distraire avec leur beauté immobile, tandis que montait la tension due à la vitesse, que je déteste. J'essayai d'être comme elles en surface. J'essayai la pose du modèle qui ne bouge pas, sans y parvenir parce que je n'étais pas nue.

Arrivé sur une longue ligne droite, mon père poussa les tours du moteur jusqu'au spasme, les yeux toujours fixés sur le rétroviseur. Je regardai le compteur et je dis : « Cent quatre-vingt-dix. » En le disant, je m'aperçus que je lui annonçais : la valeur numérique en hébreu de « terme » et de « vengeance ».

« Je sais », répondit-il, et au même moment la voiture enfonçait une clôture et sautait dans les pâturages en contrebas.

En volant, je me trouvai sans poids. Les doigts d'un garçon sourd-muet soutenaient mon corps de petite fille. Dans mon élan à me laisser aller sur ses doigts, je détachai ma ceinture de sécurité. Au premier choc, je fus éjectée dans l'herbe, avant que l'auto et mon père ne finissent contre les rochers.

Mon long séjour à l'hôpital m'a donné le temps de me remettre d'aplomb. Le vol dans le vide m'a libérée de mon contrat de fille de mon père.

Quand on décousit mes derniers points de suture, je fus détachée de lui.

Il n'avait pas envisagé de m'emmener dans le dernier passage de sa longue fuite de plus d'un demi-siècle. Il ne fit pas comme les Goebbels qui tuèrent d'abord leurs enfants et puis eux-mêmes dans le refuge blindé de la Chancellerie à Berlin. Ils ne voulaient pas laisser le moindre reste aux vainqueurs.

Je dois croire que mon père m'a emmenée avec lui parce que j'étais avec lui à ce moment-là. Il n'a pas prémédité de nous faire mourir ensemble. Mais ce saut dans son vide ne m'appartenait pas.

Je ne lui en veux pas. Pour moi, la faute revient au malentendu que je n'ai pas voulu éclaircir. Fille d'un criminel de guerre, je voulais être un effet sans cause.

La véritable identité de mon père est restée ignorée. Sur la pierre est écrit son faux nom qui est aussi sur mes papiers. Je suis en train de faire les démarches pour l'échanger contre celui de ma mère. Je peux jeter la fausse monnaie.

Il me reste à savoir si quelqu'un nous suivait sur cette route et si l'homme de l'auberge était l'un d'entre eux.

L'été prochain, en juillet, je retournerai là-bas et je m'assiérai à la même table à sept heures du soir.

Je boirai une bière et j'attendrai.

DU MÊME AUTEUR

Aux Éditions Gallimard

TROIS CHEVAUX, 2001 («Folio» n° 3678).

MONTEDIDIO, prix Femina étranger 2002 («Folio» n° 3913).

LE CONTRAIRE DE UN, 2004 («Folio» n° 4211).

NOYAU D'OLIVE, 2004 («Arcades» n° 77; «Folio» n° 4370).

ESSAIS DE RÉPONSE, 2005 («Arcades» n° 80).

LE CHANTEUR MUET DES RUES, *en collaboration avec François-Marie Banier,* 2006.

AU NOM DE LA MÈRE, 2006 («Folio» n° 4884).

COMME UNE LANGUE AU PALAIS, 2006 («Arcades» n° 86).

SUR LA TRACE DE NIVES, 2006 («Folio» n° 4809).

QUICHOTTE ET LES INVINCIBLES, *spectacle poétique et musical avec Gianmaria Testa et Gabriel Mirabassi,* Hors série DVD, 2008.

LE JOUR AVANT LE BONHEUR, 2010 («Folio» n° 5362).

LE POIDS DU PAPILLON, 2011 («Folio» n° 5505 et Folio Bilingue n° 193).

TU, MOI, 2011 («Folio» n° 5207).

ACIDE, ARC-EN-CIEL, 2011 («Folio» n° 5302).

ET IL DIT, 2012 («Folio» n° 5671).

ALLER SIMPLE, 2012.

EN HAUT À GAUCHE, 2012 («Folio» n° 5491).

PREMIÈRE HEURE, 2012 («Folio» n° 5363).

LES POISSONS NE FERMENT PAS LES YEUX, 2013 (Folio n° 5847).

LE TORT DU SOLDAT, 2014 (Folio n° 6028), prix européen de Littérature 2013 et prix Ulysse 2013 pour l'ensemble de son œuvre.

HISTOIRE D'IRÈNE, 2015.

LA PAROLE CONTRAIRE, 2015.

Dans la collection « Écoutez lire »

LE CONTRAIRE DE UN, 2004 (1 CD).

LE POIDS DU PAPILLON, 2012 (1 CD).

Aux Éditions Rivages

ALZAÏA, 2002.

EN HAUT À GAUCHE, 1998.

REZ-DE-CHAUSSÉE, 1996.

LES COUPS DES SENS, 1996.

UN NUAGE COMME TAPIS, 1994 (Folio n° 5910).

Aux Éditions Verdier

UNE FOIS, UN JOUR, 1992 (repris sous le titre PAS ICI, PAS MAINTENANT, « Folio » n° 4716 et sous le titre PAS ICI, PAS MAINTENANT / *NON ORA NON QUI*, « Folio bilingue » n° 164).

Aux Éditions Mercure de France

LES SAINTES DU SCANDALE, 2013 (Folio n° 5848).

Aux Éditions Seghers

ŒUVRE SUR L'EAU, 2002.

COLLECTION FOLIO

Dernières parutions

5888. Jens Christian Grøndahl	*Les complémentaires*
5889. Yannick Haenel	*Les Renards pâles*
5890. Jean Hatzfeld	*Robert Mitchum ne revient pas*
5891. Étienne Klein	*En cherchant Majorana. Le physicien absolu*
5892. Alix de Saint-André	*Garde tes larmes pour plus tard*
5893. Graham Swift	*J'aimerais tellement que tu sois là*
5894. Agnès Vannouvong	*Après l'amour*
5895. Virginia Woolf	*Essais choisis*
5896. Collectif	*Transports amoureux. Nouvelles ferroviaires*
5897. Alain Damasio	*So phare away* et autres nouvelles
5898. Marc Dugain	*Les vitamines du soleil*
5899. Louis Charles Fougeret de Monbron	*Margot la ravaudeuse*
5900. Henry James	*Le fantôme locataire* précédé d'*Histoire singulière de quelques vieux habits*
5901. François Poullain de La Barre	*De l'égalité des deux sexes*
5902. Junichirô Tanizaki	*Le pied de Fumiko* précédé de *La complainte de la sirène*
5903. Ferdinand von Schirach	*Le hérisson* et autres nouvelles
5904. Oscar Wilde	*Le millionnaire modèle* et autres contes
5905. Stefan Zweig	*Découverte inopinée d'un vrai métier* suivi de *La vieille dette*
5906. Franz Bartelt	*Le fémur de Rimbaud*

5907. Thomas Bernhard	*Goethe se mheurt*
5908. Chico Buarque	*Court-circuit*
5909. Marie Darrieussecq	*Il faut beaucoup aimer les hommes*
5910. Erri De Luca	*Un nuage comme tapis*
5911. Philippe Djian	*Love Song*
5912. Alain Finkielkraut	*L'identité malheureuse*
5913. Tristan Garcia	*Faber. Le destructeur*
5915. Thomas Gunzig	*Manuel de survie à l'usage des incapables*
5916. Henri Pigaillem	*L'Histoire à la casserole. Dictionnaire historique de la gastronomie*
5917. Michel Quint	*L'espoir d'aimer en chemin*
5918. Jean-Christophe Rufin	*Le collier rouge*
5919. Christian Bobin	*L'épuisement*
5920. Collectif	*Waterloo. Acteurs, historiens, écrivains*
5921. Santiago H. Amigorena	*Des jours que je n'ai pas oubliés*
5922. Tahar Ben Jelloun	*L'ablation*
5923. Tahar Ben Jelloun	*La réclusion solitaire*
5924. Raphaël Confiant	*Le Bataillon créole (Guerre de 1914-1918)*
5925. Marc Dugain	*L'emprise*
5926. F. Scott Fitzgerald	*Tendre est la nuit*
5927. Pierre Jourde	*La première pierre*
5928. Jean-Patrick Manchette	*Journal (1966-1974)*
5929. Scholastique Mukasonga	*Ce que murmurent les collines. Nouvelles rwandaises*
5930. Timeri N. Murari	*Le Cricket Club des talibans*
5931. Arto Paasilinna	*Les mille et une gaffes de l'ange gardien Ariel Auvinen*
5932. Ricardo Piglia	*Pour Ida Brown*
5933. Louis-Bernard Robitaille	*Les Parisiens sont pires que vous ne le croyez*
5934. Jean Rolin	*Ormuz*
5935. Chimamanda Ngozi Adichie	*Nous sommes tous des féministes* suivi des *Marieuses*

5936. Victor Hugo	*Claude Gueux*
5937. Richard Bausch	*Paix*
5938. Alan Bennett	*La dame à la camionnette*
5939. Sophie Chauveau	*Noces de Charbon*
5940. Marcel Cohen	*Sur la scène intérieure*
5941. Hans Fallada	*Seul dans Berlin*
5942. Maylis de Kerangal	*Réparer les vivants*
5943. Mathieu Lindon	*Une vie pornographique*
5944. Farley Mowat	*Le bateau qui ne voulait pas flotter*
5945. Denis Podalydès	*Fuir Pénélope*
5946. Philippe Rahmy	*Béton armé*
5947. Danièle Sallenave	*Sibir. Moscou-Vladivostok*
5948. Sylvain Tesson	*S'abandonner à vivre*
5949. Voltaire	*Le Siècle de Louis XIV*
5950. Dôgen	*Instructions au cuisinier zen* suivi de *Propos de cuisiniers*
5951. Épictète	*Du contentement intérieur* et autres textes
5952. Fénelon	*Voyage dans l'île des plaisirs. Fables et histoires édifiantes*
5953. Meng zi	*Aller au bout de son cœur* précédé du *Philosophe Gaozi*
5954. Voltaire	*De l'horrible danger de la lecture et autres invitations à la tolérance*
5955. Cicéron	*« Le bonheur dépend de l'âme seule ». Tusculanes, livre V*
5956. Lao-tseu	*Tao-tö king*
5957. Marc Aurèle	*Pensées. Livres I-VI*
5958. Montaigne	*Sur l'oisiveté et autres essais en français moderne*
5959. Léonard de Vinci	*Prophéties* précédé de *Philosophie* et *Aphorismes*
5960. Alessandro Baricco	*Mr Gwyn*

Composition Dominique Guillaumin
Impression Novoprint
à Barcelone, le 06 octobre 2015
Dépôt légal : octobre 2015
ISBN 978-2-07-046609-2./Imprimé en Espagne.

287252